鎮魂 吉田満とその時代

粕谷一希

文春新書
436

鎮魂　吉田満とその時代＊目次

吉田 満（昭和19年）

本稿の第七章までは、昭和六十年三月号から翌年の十二月号まで、『諸君!』に断続的に連載されたが、ある事情から、連載を中断して今日に至ったものである。私自身、人生の最終段階を迎え、意を決して、「戦艦大和の特攻出撃」「日本銀行という世界」「大和神社紀行」「附『戦艦大和ノ最期』の構成と魅力の源泉」の章を書き下ろした。旧稿は当時の雰囲気を伝えるため、敢えて筆を入れなかった。内容と判断には、修正の必要を感じなかった。

昨年暮、千早耿一郎氏の『大和の最期、それから』(講談社)が上梓された。著者は日本銀行で、直接、吉田満と識り合い、国庫局長の吉田満を補佐し、支えた方で、日銀内部の事情がよく解る。日銀の取材の困難も中断の理由の一つであったが、本書で私の推断もほぼ裏付された感じで、詩人千早氏の文章を多としたい。

序章　吉田満の問いつづけたもの

その問いかけ

昭和五十二（一九七七）年十一月、『提督伊藤整一の生涯』（文藝春秋）が上梓された。それからほどなく、著者の吉田満氏を囲んで少人数のお祝いの会が開かれた。場所は芝の中華料理店『翠園』、参集者は山本七平氏、NHKの吉田直哉氏、それに文藝春秋社のN氏、A君、それに私であったろうか。そうしたこぢんまりとした集りは吉田さんの趣味だったという。

会は和やかに進み、途中でそれぞれが簡単なスピーチを行なった。山本七平氏が立って、「戦後日本の戦艦『大和』ともいうべき、日銀にお勤めになる吉田さんは、どうか経済大国日本の舵取りを誤らないで下さい」という言葉で結び、一同はどっと笑った。山本七平氏は比喩的な意味でいわれたのであって、それ以上のものではなかったろうが、私には妙に印象に残り、後々までこの言葉をめぐってトツオイツ考える習性がついた。

戦艦大和は帝国海軍、というよりも帝国日本の象徴であった。そして日本銀行という存在は戦後日本が経済復興から高度成長へ、そして高度成長から経済大国へという道筋にあって、金融の中枢にあった機関であった。

戦艦大和はのちになって、大艦巨砲主義のシンボルとして時代錯誤を笑われた。日本銀行もその古典的で荘重なスタイルは、時として批判の対象となり、その役割と機能について云々される場合がないわけではない。

しかし、戦艦大和も日本銀行も、それぞれ中枢機能をもち、シンボルであることはまちがいない。吉田満という存在は、偶々この二つの場所を生きてきたのであり、二つの生を生きてきた存在だったのだ。吉田満の生涯を考えることは、同時に一人の人間として経験し、生きた具体的な姿を通して、帝国日本と戦後日本という断絶と連続を含む時代を、考えることになるのではなかろうか。

こうした想念が私を捉えて離れなくなった。当時編集者であった私は、それまでなぜか気重い存在として距離を置いていた吉田満氏に積極的に近づいてみる気になった。

戦後三十年に近い時間が経過した後に、あえてこの二篇（「臼淵大尉の場合」「祖国と敵国の間」）を執筆したのは、戦後日本が重大な転機を迎えたその時期にこそ、われわれはあの戦争が自分にとって真実何であったかを問い直すべきであり、そのためには、戦争の実態と、戦争に命運を賭けなければならなかった人間の生涯を、戦後の時代を見通した展望のもとで見直すことが、緊急の課題だと考えたからである。戦後の出発にあたって、この課題を軽視し看過したことが、今日の混迷につながっているというのが、わたしの認識であった。

これは『提督伊藤整一の生涯』の〝あとがき〟の一節であるが、この〝今日の混迷〟と〝わたしの認識〟をより具体的に展開してもらいたい、と考えて、私は日本橋の日本銀行の監事室を訪れて、〝あとがき〟のその部分を指し示し、ここを敷衍して書いて頂きたいとお願いした。依頼はその一句ですんだ。吉田満氏は了解し、快諾したのである。

その結果、執筆されたのが「戦後日本に欠落したもの」(『戦中派の死生観』所収)であった。著者は次のように語りかける。

ポツダム宣言受諾によって長い戦争が終り、廃墟と困窮のなかで戦後生活の第一歩を踏み出そうとしたとき、復員兵士も銃後の庶民も、男も女も老いも若きも、戦争にかかわる一切のものの、自分自身を戦争協力にかり立てた根源にある一切のものを、抹殺したいと願った。そう願うのが当然と思われるほど、戦時下の経験は、いまわしい記憶に満ちていた。(中略)

しかし、戦争にかかわる一切のものを抹殺しようと焦るあまり、終戦の日を境に、抹殺されてはならないものまで、断ち切られることになったことも、事実である。断ち切られたのは、戦前から戦中、さらに戦後へと持続する、自分という人間の主体性、日本および日本人が、一貫して負うべき責任への自覚であった。要するに、日本人としてのアイデンティティーそのものが、抹殺されたのである。（中略）

日本人、あるいは日本という国の形骸を神聖視することを強要された、息苦しい生活への反動から、八月十五日以降はそういう一切のものに拘束されない、「私」の自由な追求が、なにものにも優先する目標となった。（中略）「私」の生活を豊かにし、その幸福を増進するためには、アイデンティティーは無用であるのみならず、障害でさえあるという錯覚から、およそ「公的なもの」のすべて、公的なものへの奉仕、協力、献身は、平和な民主的な生活とは相容れない罪業として、しりぞけられた。

日本人はごく一部の例外を除き、苦しみながらも自覚し納得して戦争に協力したことは事実であるのに、戦争協力の義務にしばられていた自分は、アイデンティティーの枠を外された戦後の自分とは、縁のない別の人間とされ、戦中から戦後に受けつがるべき責任は、不問にふされた。戦争責任は正しく究明されることなく、馴れ合いの寛容さのなかに埋没した。

〈今日の混迷は、戦後の出発において、戦争協力者であった自分を忘れて、「私」を追究したことから始まる、と著者はみている〉

敗戦の痛手を受けた日本が、汲々として復興作業にはげんでいる間は、たしかにアイデンティティーをほとんど意識することなく、「私」の幸福の追求が、そのまま国の発展につながるように思えた。（中略）

しかしこうした事情は、昭和三十年代の高度成長期をのぼりつめる頃から、変化の兆しをみせはじめた。日本の存在が、自由諸国のなかで無視できぬウェイトを占めるにつれて、外からの力は、当然のことながら、アイデンティティーの枠のなかで、日本を捉える方向に急速に変化した。

〈戦前・戦中・戦後を通じたひとつの存在を自覚させたのは、外からの圧力である、という判断である〉

戦後日本の安易な足どりになにか納得し難いものをおぼえながら、結論を急いだりあえて妥協を試みたりすることをせず、いつか「敗戦の意味」を解き明かすことに希望をつないで、日本社会の復興に、それぞれの持場で協力することを心がけてきたのが、われわれの実態である。たとえば戦後日本の一つの帰結である高度成長路線の推進にあたって、戦争経験世代は、実施面の主役としてはたらいてきた。したがって高度成長から派生した広範囲の影響についても、責任を負わなければならないと思っている。

数年来、公害の激化、資源の枯渇、物価の大幅上昇等を理由に、高度成長そのものを否定する議論があるが、これは現実を無視した短見というほかはない。日本の持つ潜在的可能性を開放し、さらに将来への発展の基礎作りをすること自体が、悪ではありえないし、逆に力がないのはいいことだというのは、見方が甘い。批判さるべきは、みずからのうちに成長率の節度を律するルールを持たない、日本社会の未熟さであり、こうして培われた国と民族の伸長力を、何の目的に用うべきかの指標を欠いた、視野の狭さ、思想の貧困さである。

〈著者はここで戦争責任と同時に、戦後責任をも持ち出していることに注目すべきだろう〉そして、最後に著者は次のようにいう。

日本人としてのアイデンティティーの確立にあたって、太平洋戦争の原因、経過、結末を客観的に分析することが、有力な手がかりとなることはさきにふれたが、たとえば連合軍の勝利は、正義の側に立つものが勝つという原則の当然の帰結であるとする単純な史観は、戦後の情勢変化によって否定されている事実を、認めなければなるまい。アメリカにとってのベトナム戦争、ソ連にとってのハンガリー事件、チェコ事件、中ソ紛争、中近東をめぐる列強の利害の衝突は、国家がかかげる正義の理想のあり方が、太平洋戦争以前と同じように、なお明白でないことを示している。

戦後の世界は新しい国際協調時代を迎え、有力な国家間の連合を土台にして和平が推進されると期待する見方もあったが、ナショナリズムの自己主張は、戦後逆にますます強まりつつあるのが実情である。オイルの争奪、通貨戦争は、その一端に過ぎない。

ナショナリズムの高まりという注目すべき事実に、目をつぶって戦後の過渡期を空費してきた日本は、独自の国家観をもたないまま今日に至った。そして国家観のないところには、正しい外交も、安定した国民世論の形成もないことは、いうまでもない。

〈戦中派吉田満がアイデンティティーを問題にして、最後に提起したのは、国家観の確立であった〉

その生涯の特異性

こう問いかけた吉田満は、しかしそれから二年後に亡くなった。死の直前に「死者の身代りの世代」「戦中派の死生観」を病床で書き綴ったが、吉田満が主張したかった全体は未完に終った。

考えてみると、吉田満は拘わりつづけた人間であった。戦後三十四年間、彼は特攻体験をもった戦中派として、戦争で死んでいった者たちの意味を探し求めつづけた。そして戦中・戦後を貫くアイデンティティー（自己同一証明）に執着しつづけた。戦争に荷担した自分を葬って、戦後の平和な生活を享受するのではなく、戦争に荷担したことの意味を問い、その責任を自覚しながら、平和な時代をも生きる、自己としての一貫性を彼は欲したのであった。

それは戦後においてさえ、六〇年安保、七〇年学生反乱で闘士として活躍しながら、いつのまにか転向して違った生活を送っているといった人々の態度の対極にあるものである。

そして最近の若い世代が、むしろアイデンティティーからの脱出を願っているのとも、まったく逆の態度である。いわば当世風ではない。しかし、人間が人間らしく生きるために、自らの行為の軌跡を確認し、それぞれの意味を自ら納得することは不可欠なのではなかろうか。

今日の日本人が、豊かな社会のなかで、価値アナーキーになりがちなのは、今日の世界自体が困難な問題を抱えていることもさることながら、それぞれに自分の過去を検証し、納得して生きていないためではないだろうか。

そしてまた、個人を越えて、集団として、民族としての過去の記憶である歴史の意味をはっきりと把握していないことが、今日の不安と混迷の一因なのではなかろうか。

太平洋戦争とは何であったのか。またその戦争で死んでいった人々にはどのような意味があったのか。多くの記録が生まれ、多くの議論が積み重ねられている。しかもなお、吉田満が生涯を通して、死の直前まで問いつづけたことは、日本人が依然として十分な鎮魂をすませていないことを意味しないか。

後に残ったわれわれは、吉田満の問いかけを継承する義務があるように思われる。それがいかに当世風でないにしても。

戦後四十年の歳月は、敗戦直後発せられた「なぜ日本は失敗したか」という問いを、「なぜ日本は〝成功〟したか？」（森嶋通夫氏の著書の題名）という問いに変えてしまった。たしかに経済大国日本はヨーロッパ人にとってだけでなく、日本人自ら首をひねるくらいの成功といえるかもしれない。

しかし、成功したと感じたその時点で、すでに失敗の原因が芽生えていることも、歴史の教えるところである。近代日本が日露戦争で勝利し、列強に伍して極東に安定した地位を確保したそのときに、太平洋戦争への道は始まっていた。

バルチック艦隊を完膚なきまでに潰滅させた日本が、それから四十年後、大和・武蔵を頂点とする連合艦隊をバルチック艦隊と等しいほど潰滅させられることを誰が予期しえたであろうか。

戦中派吉田満の問いは、まさにこの点に重なってくる。日本人は、明治維新によって近代国家を建設して以降、国際社会のなかで、成功と失敗を大きな波のように経験している。なぜ失敗したのかという問いでもなく、しかしまた、なぜ成功したのかという問いでもなく、成功も失敗も含め、均衡ある視野をもつことで、歴史の総体から学ぶべきではないか。そのとき、人間本来の自負と謙虚さとが共存できる態度を持してゆくことが可能となるのではなかろうか。

吉田満は著作を職業とした人間ではなかった。最後まで日本銀行という機関の一員として実務家として生きた。文士として生きなかったために、彼が実感として摑んだものを必ずしも徹底して掘り下げることはできなかった。また、学者としての道を歩かなかったために、論理的認識でも歴史的認識でも不十分なところがあり、思想の世界への眼配りも決して十分ではなかった。

しかし、実務家でありつづけることによって、戦後の日本人の多くがそうであるように、組織のなかで生きることの苦労、さまざまな社会問題に直面したときの実感を、市民として共有している。それだけではない。大和の特攻出撃の体験を、敗戦直後に記録に止めた彼は、死線を越えた自らの生の偶然、不可思議の情を問いつめ、「死・愛・信仰」（『新潮』昭和二十三年十二月号）への思索を深めて、昭和二十三年には、キリスト教に入信している。彼はなによりも敬虔なキリスト者として宗教的人間であった。文学もビジネスも、彼にあっては、信仰によって生かされた部分であったかもしれない。彼は宗教的人間たることによって全的に生きたのであった。

履歴としてみれば、吉田満は東京の山の手の中産階級に生れ、折り目正しい、やさしい秀才少年として育った。当時の都会秀才が等しくそうであったように、府立四中から四年修了で東京高校に進み、東大法学部に進んだ。大学卒業後、日本銀行に就職したことも、ある意味では典型的な選択であり、日本銀行監事として終った生涯は、非凡なる凡人の生涯ともいえるかもしれない。

けれどもまたその時代環境を考えると、彼が生れた年は関東大震災の年であり、小学校に入学した年は世界恐慌の年である。中学に入った翌年には二・二六事件があり、高校に入った年にはノモンハン事件が起っている。そして高校三年のときに、大東亜戦争勃発と、社会不安から非常時へ、非常時から戦争の拡大へ、と否応なく時代の嵐は押し寄せ、それは大学二年にして徴兵猶予がなくなって学徒出陣が決定したとき、吉田満の世代の学生たちは、ひとりひとり、具体的な形で国家に召集され、国家的危機に身を挺することとなった。

ちょうど二十一歳のときである。二十歳前後の若者の姿を考えるとき、戦後はもちろん徴兵制があった帝国日本の時代にあっても、平時であれば、国家と個人の運命をこれほど同一化して体験することはない。その意味でもこの世代は過重な重荷を背負わされた世代であった。しかも、なぜ戦争が起ったのか、なぜ戦わなければならないのか、といった問いを発する余裕のない世代であった。文字通り民族存亡の危機が眼前にあった。

その吉田満は選ばれて戦艦大和の乗組員となり、わずか四カ月後には特攻出撃を体験することになる――。

吉田満の生涯を余人と異ならしめたのは、「大和」の特攻出撃に参加して、何億分の一の僥倖によって生還したこと、その鮮烈な極限状況のなかの体験を、敗戦直後、記録として一気に書き上げたことにあった。

その『戦艦大和ノ最期』という作品については改めて考察する必要があるが、戦後産み出された戦争文学、記録文学のなかでも特異な地位を占めている。

しかし、『戦艦大和ノ最期』という作品が辿った運命そのものにも、戦後日本の特異な社会体質、精神風土が露呈している。それはまさに占領期日本の、あるいは進歩的知識人とジャーナリズムの体質を物語っている。

同時にそのことはこうした作品を産んでしまった作者の内部に奥深い傷痕と違和感を残さずにはおかなかったろう。そのことが戦後日本に対する異議申し立てをする吉田満の姿勢の出発点になっている。

けれども、やがて陽の目をみたこの作品が日本人と日本社会に受容され、その盛名が高まっていったとき、『戦艦大和ノ最期』を背負った作者には、一市民として、あるいは一職業人として、意識的・無意識的に大きな負担にもなったろうことが想像される。

作品に対する圧倒的な感動と共感は拡大していきながらも、生身の個人として生きる作者にとっては、組織の一員としても、あるいはもと海軍関係の仲間うちでも、かならずしも＋《プラス》にだけは働かなかった。

それは戦艦大和という存在が巨大すぎるシンボルだったからであり、特攻体験という体験がなまじの批判を許さぬ極限体験だったからであり、さらに吉田満はそのなかでも生還し、かつその「最期」を記録した唯一の証人だったからである。周囲にとってまぶしすぎる存在だったのである。

吉田満はその重圧に耐えた。そして、職業人として、あるいは一個人としての人生の先行きが、ほぼ見通しがついたとき、彼は改めて抱きつづけてきた思念を綴りはじめた。文士でも学者でもない吉田満は、一戦中派として発言した。それはやがてこの世界から退場してゆくであろう戦中派世代の、日暮れなんとする夕陽の輝きに似た、物静かであったが、千鈞の重みのある言葉として、後の世代に遺す言葉となった。

戦後の逆風

戦争で死んでいった仲間たちの死の意味を考えつづけようとした吉田満の態度は、敗戦直後の混乱のなかで次のような試練に直面し、それに触発されたものであった。

第一は、『戦艦大和ノ最期』を発禁処分とした際の、戦争肯定、軍国主義鼓吹の文学であるという、占領軍及びその周辺の判断、また当時の進歩的知識人、ジャーナリズムの評価である。これは吉田満自身が具体的に経験した事実である。

しかし、こうした雰囲気と価値判断は吉田満の経験だけでなく、当時の社会を包んだ全体の雰囲気であった。たとえば戦後まもなく出版された戦没学生の手記『きけわだつみの声』の編集態度である。

同書では「戦争目的を信じて死んでいった学生の手記はあまりに無残であるから」という理由で除外され、懐疑的あるいは批判的な手記だけが収録されている。やがてそれは反戦平和の運動体、日本戦没学生記念会（わだつみ会、昭二十五年結成）へと発展してゆく。そこには当然、一定の戦争観が前提とされていたのである。

あるいはまた、昭和二十四年に再発足した岩波新書の一冊として公刊された高木惣吉の『太平洋海戦史』がある。高木惣吉氏は明治二十六（一八九三）年生れの海軍軍人として、海軍省調査部長、同教育局長、内閣副書記官長などを歴任した人で、戦時中から日本の知識人とも深い接触をもったリベラルな人物であった。こうした軍人に敗戦直後、客観的な戦史を依頼したことは、一つの見識ではあった。しかし、同書の内容ではなくその取扱い方に当時のジャーナリズムの考え方が典型的に表れているのである。本書には〝まえがき〟として編集者（おそらく吉野源三郎氏であろう）の言葉が巻頭に書かれている。

編集者は終戦後、太平洋戦争への外在的批判、超越的批判が多く現れたのに対し、内在的批判が皆無であることを指摘し、そのあとにこういう文章をつづける。

「もちろん、既にポツダム宣言によって刻印を打たれたように、この戦争が『思慮なき打算によって日本帝国を滅亡の淵に陥れた軍国主義的助言者』によって起こされたものであり、『世界の自由な人民の力に対する無益且つ無意義な抵抗』であったことを、われわれは徹底的に知る必要がある。そして、同じく同宣言にいわれているとおり、『日本国民の間における民主主義的傾向の復活強化に対する一切の障礙を除去する』こと、『言論、宗教及び思想の自由並びに基本的人権の尊重を確立する』ことが、この戦争の痛苦に満ちた体験から国民の引き出すべき結論であり、戦争並びに戦争の原因となった諸制度に対する批判が、この観点から行われねばならないことも、われわれは常に明確に心得ていなければならないであろう」

まことに当時の思考のパターンを典型的に語っている文章である。ポツダム宣言に盛られた勝者のイデオロギーをそのまま、無条件に真実としており、やがてこの姿勢は東京裁判という勝者の裁きを文明の裁きとして受け入れる態度につながってゆく。

これでは戦争で死んでいった者たちは浮かばれまい。あの克己心と自己抑制に満ちた吉田満がときとして間歇的に激情的ともいえる口振りで、

一部の評論家や歴史家がいうように、あの戦争で死んでいった者は犬死にだったのだろうか?

と書いたのは、敗戦直後の風潮のなかでは、占領政策に歩調を合わせて、愚劣な戦争→犬死にという罵声や風刺で満ちていたためである。徴兵忌避が美徳や勲章のように語られた。戦争の惨禍があまりに徹底していたために、飢餓と混乱のなかで、怨嗟と悔恨のなかで、日本人は我を忘れ、自信を喪失し、敗者の矜持を工夫する余裕がなかった。

本来、太平洋戦争の終結は明らかに日本の敗北であり、敗戦であったのである。しかし、敗戦という事態を直視することを怖れ、当時の支配層自体、終戦という言葉を慣用した。この敗戦と終戦という微妙なニュアンスの使いわけによって日本人は敗けたという事実認識の心理的負担を回避しようとしていたのである。勝っても敗けても、戦争が終ったという単純な安堵感はある。そして安堵感は解放感につながる。総動員された国民は動員から解除されたのであるから、そこ

からくる安堵感も解放感も、それ自体は当然であったろう。

また、日本人のなかである層の人々にとっては、明白な解放であったことも事実である。それは牢獄につながれていた政治犯・思想犯であった人々であり、また本来、この戦争に批判的でなんらかの抑圧を蒙っていた自由主義・社会主義的傾向をもっていた人々、あるいは世代であった。

第一次戦後派の文人たち、あるいは『近代文学』の同人たちなどはその典型であったかもしれない。『近代文学』のある同人は、はるか後年になって、八月十五日を回想し、腹の底から笑いがこみあげてきたという。また当時の少壮学者のなかでも、押えようとしても今後の自由な社会を予想して、口辺に浮かぶ笑いを押え切れなかったという。これもたしかに事実であったろう。

しかし、多くの死傷者を抱え、家や財産を失った大多数の日本人あるいは尨大な職業軍人とその家族を中心に、戦争に参加した人々の立場を考えると、そうした解放感や笑いは違和感を拡大させるものであった。それぞれの解放感は抑制して、死者への鎮魂を共同して儀式として営むべきであった。おそらくこの敗戦への対応の態度のなかに、日本の進歩勢力は早くも日本人の多数派を獲得する可能性を閉ざしてしまったのである。

逆に、戦争中、批判的であったリベラルな思想家たち、津田左右吉、柳田国男、石橋湛山といった人々が、戦後は進歩派に同調せず、むしろ保守派として伝統の尊重・護持に廻ったのは、年上世代としてバランス感覚に富んでいたためである。

敗戦国民として当初、占領軍を迎えるに当って日本人は緊張感、悲壮感に満ちていた。

「朕惟《ちんおも》フニ今後帝国ノ受クヘキ苦難ハ固《もと》ヨリ尋常ニアラス爾臣《なんじ》民ノ衷情モ朕善《よ》ク之ヲ知ル然レトモ朕ハ時運ノ趣《おもむ》ク所堪ヘ難キヲ堪ヘ忍ヒ難キヲ忍ヒ以テ万世ノ為ニ太平ヲ開カムト欲ス」

終戦の詔勅は多くの日本人の心情を捉えたものといえる。ひとびとは「堪ヘ難キヲ堪ヘ忍ヒ難キヲ忍」ぶのが、敗戦国民の運命であり、予想される占領の現実であろうと考えた。

しかし問題はやってきた占領軍が建前として、〝日本人民の解放者〟としてのポーズを取ったことであった。占領軍の狙いは当初、明白に帝国日本の解体であり、軍事能力の除去にあったが、他面で日本社会の民主化にあった。マッカーサーを頂点とする占領軍は、勝者としての絶対権力を背景に、〝抑圧と解放〟という二重の作業を遂行しようとしたのである。

敗戦と終戦という微妙なニュアンスの二重性、占領軍による抑圧と解放という二重性、おそらく、この二つの二重性こそ、戦後日本の歴史解釈をめぐっての根源的矛盾であり、困難さなのである。

吉田満に代表される問いかけと鎮魂への祈りは、敗戦と占領の一九五〇年代を通して、ほとんど掻き消されるようなかぼそい声にすぎなかった。またその背後にある太平洋戦争の歴史的性格についての本格的検証は、一九六〇年代、七〇年代をまたなければならなかったのである。

志向を同じくするもの

しかし、吉田満のアイデンティティーへの執着、鎮魂への祈り、戦後への疑問を共有した人々が皆無であったわけではない。

阿川弘之は『戦艦大和ノ最期』掲載が予定されていた雑誌『創元』のゲラ刷りを偶然、読みふけるという奇縁をもった存在だが、大正九年生れの阿川弘之も海軍予備学生として戦争を経験し、吉田満ともっとも近い倫理観を抱いていたと想像される。『春の城』（昭二十七年）で端正な筆致で「若者たちの光栄ある義務」として戦争に対した青春を描き、さらに『雲の墓標』（昭三十年）では特攻隊として散った青春を清冽に謳い上げている。

また、かなり異質な世界の文士であるが、島尾敏雄のように、同じように海軍予備学生として特攻隊に入り、ついに出撃しなかったという特異な経験から、死刑囚が無期囚に変ったように、戦後も非日常的世界を凝視しながら書きつづけている作家も存在している。

ここでは特攻体験をもつ哲学者上山春平の場合に触れておきたい。彼の場合は戦争体験の意味を問いつづけただけでなく、戦争の意味について、その遺産について、吉田満の問いつづけたものを、独自の形で早く展開しているからである。

上山春平は大正十（一九二一）年台湾に生れ、京大哲学科を卒業している。やはり海軍予備学生として出陣し、戦争末期、人間魚雷「回天」の乗組員となり、一旦、出撃しながら機械の故障からやむなく引き返すというスレスレの体験を有している。

その上山春平が「大東亜戦争の思想史的意義」を発表したのは、『中央公論』昭和三十六年九月号誌上においてであった。筆者は次のように書き出す。

「私たちは、はじめあの戦争を『大東亜戦争』とよんでいた。しかし、いつのころからか、占領軍のよび方をまねて、『太平洋戦争』とよぶならわしになってしまった。それにともなって、戦争に対する評価にも変化が生じた。

つまり、『皇国日本』が『ファシズム』になり、『鬼畜米英』が『民主主義』になり、『東亜新秩序建設』が『植民地侵略』におきかえられる過程で、過去の価値評価が逆転した。こうした変化によって、『皇国日本』や『東亜新秩序建設』の楯の反面が明らかになったことは認識の前進であったが、先進資本主義国と後進資本主義国のナワバリ争いが『平和愛好国』と『好戦国』もしくはデモクラシーとファシズムのたたかいとして、善玉と悪玉のたたかいにすりかえられた点にごまかしがあった」

筆者は戦中・戦後の価値の逆転の急所を衝くことで問題の中核を指摘する。

そのあと、マルクス主義の「帝国主義戦争」史観が、日米戦争を帝国主義相互の闘争として捉え直す観点を提出し、また中華人民共和国の成立は「抗日戦争」史観を提供したことを述べ、「おそらく、六ヵ年間の占領体験が、反植民地闘争もしくは民族独立闘争を基調とする『抗日戦争』史観への（青年たちの）共感の素地をつくっていたのである。それは、加害者と被害者との役割交換を条件として、戦争認識の深化をたすけた」と解釈する。

筆者の狙いはそれぞれの史観の相対化にあった。主権国家は主権国家を裁くことはできないと結論したあと、あの戦争をこれほど立体的に、多元的に反省する機会をもった国民的体験をかけがえなく貴重なものと考える。

そこから筆者独自の戦後憲法の解釈論、防衛構想へと発展するわけであるが、ここではその検討に立ち入るまい。

「私が、日本を中心としてみた第二次大戦の局面を、今日、一般に言い慣らされている『太平洋戦争』という名称で呼ばずに、敢えて『大東亜戦争』と呼んだ真意は、要するに、私たちがかつて『大東亜戦争』の名のもとに戦ったあの戦争の経験を、あくまでもそれを戦ったこちら側の集団の一員として反省する立場を貫きたかった、というにつきる」

という序文の言葉を嚙みしめればよい。そこには、吉田満があくまで戦中・戦後のアイデンティティーに固執した立場において、そこから汲みとるべき教訓、後の世代への遺産が現代国家論の形で展開されているのである。

この上山春平の論文からすでに二十余年の歳月が経っている。論文が発表されたときは六〇年安保騒動の余韻が残っているころであったが、その一九六〇年を境にして、世の中の流れは大きく変ってゆく。

それまでの戦後の逆風は次第に止み、イデオロギーは解体し、世は高度成長の時代に入って、政治的思想的無風時代のなかで、所得倍増が謳歌され、批判的な社会科学よりも社会工学的思考が支配的になってゆくようになる。

やがて、第二次世界大戦から戦後にむけての外交文書も解禁され、第二次世界大戦史や占領政策史が、学問的対象として扱われる時代に入り、その研究は質量ともに飛躍的に発展していった。しかし、それと共に戦争や占領政策の見直しを介して、戦後体制の総決算の声も次第に高まってきている。それは自立への志向として正当な根をもっているが、はたして日本はどこへ行こうとしているのであろうか。

戦争で払った数百万の犠牲、その死者への鎮魂を願った戦中派の真意はどこにあったのであろうか。吉田満の生涯を尋ね、その時代を、吉田満という人格を核として眺めることは、そうした問いに対する展望を切り拓くことになるはずである。

第一章　震災以後

人間の運命

吉田満は関東大震災の年、大正十二（一九二三）年一月六日、東京の青山で生れている。この関東大震災は自然災害であるが、明治以降の日本近代史を振り返るとき、歴史的にシンボリックな意味をもっている。

震災によって古い東京は壊滅的打撃を受け、新しい東京が形成されてゆくのだが、そうした身近な市民生活を十分享受し、創造してゆく余裕もないほど、日本人は日本国家の急速な変転に翻弄されてゆくことになる。

震災によって崩壊した東京は、昭和二十（一九四五）年の空襲によってふたたびより徹底した打撃を受けるのだが、その間、わずか二十数年の年月しかない。戦後四十年の平和と繁栄を享受している今日、それがいかに慌しい時間であったかをわれわれには実感できるだろう。

震災の年に生れた吉田満が、やがて敗戦の年昭和二十年の四月、戦艦大和の特攻出撃に参加するに至る過程は、時代と社会という個人としては如何ともしがたい制約のなかで、しかし、無数の選択肢を選びとっていった挙句、際会した歴史であった。それを偶然と呼ぶか神の仕業とみるかはひとそれぞれの解釈であるが、吉田満の生涯を追おうとする本稿において、その歴史との際会に焦点は絞られなくてはならない。そのためには、一方で吉田満という個人の生い立ちを追いながら、他方では、帝国日本の海軍がなぜ大和の特攻出撃に至らなければならなかったかという問いを持続させなければならない。

東京に生れ育ってゆく利発な少年、豊かな情操を養いつつあった文学青年が描いてゆく軌跡と、帝国日本が国家として民族として崩壊してゆく軌跡が、戦艦大和の特攻出撃という一点で交錯する。その交錯への瞬間を見つめてゆくことが、取りあえず本稿の主題となる。

それは青年吉田満にとっても、帝国日本にとっても悲劇であったが、悲劇の役者となるかどうかも、それは人間の思慮を越えた世界の出来事である。

古く『三国志』のなかの主要人物の一人、曹操を評して、「平時の乱臣、乱世の梟雄《きょうゆう》」という言葉があるが、平和な時代には乱臣として退けられるであろう人間も、乱世に際会すれば、悪強い英雄となるであろうとの意味である。人間は際会する出来事、歴史によって変貌してゆく。そうした古典的な時代でない今日においても、平和な時代に伸びてゆく才能もあれば、動乱の時代に開花する能力もある。平時においてはヤクザ社会の一員で抗争のなかの流れ弾で死ぬ男も、動乱期には赫々たる武勲を立てたかもしれない。逆に平和な社会に生きれば、文人・学者として業績をあげたであろう人間も、動乱期には紙屑のように殺されるかもしれない。

まことに人間の運命は計りしれないものであり、人間は人間と出会い、事件や出来事に際会することで、変貌を強いられる。吉田満という〝非凡なる凡人〟ともいうべき素材は、大和の特攻出撃と奇蹟的生還という極限体験を通して変貌を強いられたのであり、「戦艦大和ノ最期」を書くことで、民族崩壊の叙事詩の作者として、象徴的人間としての道を歩むことになる。彼はその重荷に耐えて後半生を生きたのだが、まずその極限体験への階梯を眺めてゆこう。

同潤会アパート

吉田満は東京の典型的な中産階級の子弟に生れている。

父茂と母つなは共に富山県の出身で、茂は明治二十四（一八九一）年に富山県の農村に生れ、富山市の中学をおえると東京に出て私立の高商に学んだ。社会に出るころ、日本の経済界は第一次世界大戦の好景気にうるおっていたころで、ある新興の商事会社（内田商事）に入社、折りからの建築ブームを背景に、もっぱら電設工事のセールスを担当させられた。それが機縁で内田商事に二十五年間、勤めたあと、昭和十三年独立して、友人二人と共に内外電業社を設立し、昭和四十六年、七十九歳で死ぬまでその道一筋に生きた。

この父親に関しては、満氏自身が「重過ぎる善意——父のこと」という小文（『戦中派の死生観』所収）を書いていて、その横顔を詳細にスケッチしているが、独特の癖のある面白い人物で、生活上の合理主義者であり、卒直、誠実な自己表現を信条として生きた善意の人であった。〝買物魔〟であり、〝手紙魔〟であり、英語好きであり、四十過ぎからゴルフを始めた初期のゴルファーであり、ゴルフに関する〝教え魔〟であったという。

ひとにものをくれたがる性癖があり、それが際限のないほどで、ゴルフ道具、ゴルフ会員権、指輪などから、果ては自分のもっていた土地までも、ドンドン他人にくれてやり、自分の蓄財にはあまり関心がなかったという。「他人にたいする底なしの善意に比べて、自分自身や身内への配慮が水のように淡いのは、不釣合いのように見えた」（「重過ぎる善意——父のこと」）

こうした亭主をもった細君は当然、家計に苦労するわけで、つなさんはご亭主のそうした性行を歯がゆがり、家庭を引き締めていったのは、母つなさんの才覚であったろう。つなさんは気丈な女性であると同時に、気さくな性格で、奥様然と構えることなく、近所づき合いでも、商店街の主婦たちと仲がよく、またひとの面倒をよくみたらしい。

ここで注意すべきは、茂＝満父子の間には生涯対立や争いがなかったことで、頑固な父親への反抗といった青年期によくある図柄がまったく見当らないことである。満は高校時代、父親の若いころに書いたノート（それは女性にもてた男の体験記録であったという——『追憶　吉田満』山岡祝）を友人に見せたりしている。これはかなり特殊なうらやましい関係であったといえよう。

吉田茂夫妻は二人の子供をもうけた。瑠璃子、満、の娘、息子である。したがって満は姉をもった長男であった。

いまも元気でご子息夫婦と同居されている姉の瑠璃子さんのお話によると、結婚した吉田茂夫妻は、最初、青山師範の近くに住み、そこで瑠璃子・満姉弟も生れている。ほどなく、大森の山王に一年ほど住み、恵比寿の駅近くに移り、やがて代官山の同潤会アパートに移り住んでいる。

当時の地方出身のサラリーマン家庭は、多く、そのときどきの家庭の規模や収入に見合った借家を求めて、最終的な居住地が定まるまで転々と何回か引越しをするのが通例であったようである。そして戦前の東京には今日とちがって、適当な借家が多く存在していた。

東北や上越地方から出てきた人々は概して東京の下町や東郊に住みつくのは、上野がその玄関口であったためであろうし、関西、西日本から上京する人々は概して東京の西郊に住みつく傾向があるようである。富山から出てきた吉田茂一家が、渋谷周辺を転々としたことは、やはりそうした行動様式を無意識に踏襲していたのであろう。

ところで、吉田茂一家が一時期、同潤会アパートに住んだということはきわめて興味深い。同潤会アパートこそ、震災によって壊滅した東京に対して、政府が帝都復興の基本として、罹災者の生活安定の基本が住宅建設にあることを認め、当時、内外から寄せられた救援義捐金のうち一千万円を基金として設立された財団法人同潤会（大正十三年五月）の構想による近代的集合住宅の先駆であったからである（『都市住宅』一九七二年七月号特集、松山巖『乱歩と東京』〈一九八四年、パルコ出版〉）。

今日、その取壊しと再開発が話題となっている青山、代官山、江戸川橋などにある同潤会アパートは、六十年近い歳月と戦後の混乱のために、古色蒼然とした佇いであるが、それでも建築された当初のモダーンな感覚を推測することはできる。集会所、遊園地、公衆浴場などを備え、建物の裏側、建物と建物の間が共同の中庭風になっているその建築思想は戦後の復興期の集合住宅などよりはるかにすぐれた先進的なものであった。

同潤とは広く庶民を潤すという意味からきているが、そこに入居してきた人々は当時のインテリ中産階級が多かった。

それは近代日本の文化史を考える上で大きな意味をもっている。

震災を機に東京を捨てて関西に移り住んだ谷崎潤一郎にいわせれば、それは〝敗残の江戸っ児〟とインテリ階級の交替であった。下町を中心に江戸時代から固有の生活様式を洗練させてきた階層が、明治維新以降、藩閥政権によって次第に隅に押しやられ、その挙句、震災によって壊滅され、多くの家族は離散し、町は跡形もなくなってしまう。それに代って東京の市民を代表する者は、官吏、サラリーマン、教師、医者、技術者、ジャーナリストといった新中産階級＝インテリ階級であるという。彼らは、「震災前の下町山の手両様の趣味を包容し、尚その上に上方贅六の料理をも歓迎し、近代芸術の教養に富み、西欧の絵画や音楽をさへ理解する。実に彼等の鑑賞力は出鱈目と云つてもいゝ程に広い」（谷崎潤一郎「東京をおもふ」〈中央公論版全集第21巻〉）。谷崎潤一郎がシニカルに類型化してみせた新中産階級とは、まさに同潤会アパートの居住者を思い浮かべるとき具体的な像を結ぶ。

吉田茂一家もまた地方出身のサラリーマン一家として、勤勉で活力に満ち向上心に満ちた家族として生きてゆくのである。吉田満という存在は、そうした東京の新中産階級の子弟として育ってゆくのであり、そうした文化の嫡子なのである。

当時、吉田家が何回か移りながらも結局、落着いた恵比寿周辺は、昭和初年、まだ東京府下であって、東京市内ではなかった。まだ武蔵野の面影をとどめる郊外だったのである。昭和四、五年ごろ、東横線が開通して、渋谷に直接出られるようになったことを、瑠璃子さんは鮮明な記憶として覚えておられた。一家は渋谷に出て、フランス料理の「二葉亭」で食事をされることが屢々であったという。

渋谷・長谷戸小学校

吉田満は昭和四年四月、東京府下北豊多摩郡渋谷町の長谷戸小学校に入学している。幼いころは、腕白で近隣の家に迷惑をかけるほどのいたずら小僧であり、母親のつなさんが引越しを考えたほどであったというが、小学校に上ってからは利発で、思いやりのある秀才少年に変貌していっている。

『追憶　吉田満』に小学校時代の友人として寄稿している斎《いつき》大治氏は、今日、東急本社脇の徳力ビルを拠点として、手広く不動産業を営んでいるが、小学校三年生のとき、神田の錦華小学校から長谷戸小学校に転入した生徒であった。その斎さんの眼に映じた吉田満は、「元来口数の少ない心に動揺のない性格で然も几帳面な友愛心の強い人」であったという。

満少年は卒業まで首席を通したが、五年生になるとき、成績では二番になった岡村和夫君を級長に推薦し、自らは副級長に甘んじたという。幼い子供たちもまた功名心は強いものである。級長をゆずるといった芸は、満少年のやさしい、老成した判断力を物語っている。

また担任の上島初太郎という先生は、青山師範出の若い教師で、昭和初頭の青年たちの多くがそうであったように、左翼思想の持ち主で、貧乏人の子弟を依怙贔屓に可愛がったという。満少年は裕福な家庭の子であったが、その上島先生が満少年だけは例外として、授業中も〝満《みつる》、満〟と呼んで可愛がっていたという。

ちなみに、担任の若い上島初太郎先生は、カフェーの女給に弁当を持参させて子供たちをびっくりさせたらしい。昭和初年の東京は左翼思想が風靡し、カフェーの女給が新風俗として話題を呼ぶアナーキーな時代でもあった。

満少年は、後年の満氏の面影とそっくりの丸顔で、肥りじしの笑顔を絶やさない黒ぶちの眼鏡(遠視)をかけた少年であり、勉強家で信望が厚く、休み時間には、彼を中心に車座が出来、談笑の中心であった。

しかしまた、どこか近寄りがたい風貌をすでに備えていたことも確かで、休み時間に友達が運動場を駆け廻っているその仲間に入ることはなかったという。満少年は体操とくに器械体操は苦手であったようである。幼少の腕白小僧はそのまま餓鬼大将とはならなかったのであり、その変貌は両親の躾けにもよろうが、満少年のなかに内省的性格が強く育っていたことを物語るのであろう。

餓鬼仲間は、メンコ、ベーゴマに興じ、紙芝居や漫画の「のらくろ」に夢中になる一時代があったが、満少年はそうした仲間の圏外に立っていたらしい。斎大治少年は当然のことながら、その悪戯仲間であったが、なぜか満少年とウマが合い、満少年の家にも遊びにいったという。満少年は自分の部屋と机をもっていて、お母さんが凮月堂のワッフル(当時の流行の菓子であったという)を出してもてなしてくれた。

何年生のときであったか、学芸会があって満少年たちは『レ・ミゼラブル』(あゝ無情)を上演した。ビクトル・ユーゴーのこの波瀾万丈の物語は、戦前の日本でながい間、少年読物として語りつがれたものであった。そのとき満少年は、主人公を庇護する神父の役を演じたという。これはなんという暗示的な事件であろう。少年の日に秀才満少年は、すでに神父にふさわしい相貌を備えていたのである。

とにかく、斎大治少年にとっては、吉田満は自分たちとは格のちがう秀才の美少年に映じていたし、またその家庭は階級のちがう裕福な家庭に映じていたのである。子供たちは、そうした点にきわめて敏感である。

「第一、もってくる弁当がちがっていましたよ。いつも卵焼きや肉が入っていてね。俺たちのはめしにのりがのせてあればいい方だった」

そう語った斎大治氏は、

「吉田君のように幹部候補生とちがって、兵隊にとられた連中は皆死んでしまって、五十八名のクラスで三十名が戦死してしまいましたからね。米屋、花屋、毛糸屋、魚屋、ミシン屋、牛乳屋……。そうこの辺は麻布三連隊です」

と戦中派の悲哀を嚙みしめるように語った。

不安のなかの思想と文学

昭和初頭、長谷戸小学校の上島初太郎訓導が左翼思想の持ち主であったように、当時の青年・学生の多くは社会主義思想の洗礼を受けていた。上島先生の行動は例外ではなく、社会風俗だったのである。

一九一七年、帝政ロシアを倒したロシア革命は、ヨーロッパ全土に衝撃をあたえただけでなく、アジアの日本、中国にまで影響していった。それは列強の支配層に深刻な恐怖感を呼び起し、シベリア出兵という悲劇となるが、同時に各国の知識人と民衆に直接、思想的、社会的動揺を及ぼした。

折りから、日本では米騒動に端を発し、大正デモクラシーの昂揚のあと、第一次大戦後の不況期が重なって、デモクラシーの波は、さらに社会主義へと急進化していった。一九二〇年代は社会問題と社会不安の季節であった。関東大震災はそうした不安のシンボルの意味をもっている。

大震災の直前、大正十二年六月九日、有島武郎が軽井沢の別荘で、『婦人公論』の婦人記者波多野秋子と心中自殺した。四十五歳である。有島武郎はその前年、「宣言一つ」を発表し、有島農場を小作人に解放しており、没後、「行き詰れるブルジョア」、「唯物史観と文学」などの遺稿が発見されている。

関東大震災の最中には、天才的アナーキスト大杉栄(三十九歳)が憲兵隊によって伊藤野枝と共に虐殺されている。朝鮮人暴動のデマが拡がると同時に、震災が社会不安を伴い、一種の心理的パニックを惹き起こした証左である。

それから四年後、昭和二年七月二十四日、芥川龍之介が田端の自宅でヴェロナールを仰いで自殺した。自殺の原因については、その後論議が絶えないが、彼の言葉「ぼんやりとした不安」は、流行語となり、宮本顕治の『改造』懸賞当選論文「『敗北』の文学」は、その社会的意味を決定づけた。

文士はそのときどきの社会の雰囲気にもっとも敏感である。その時代の病理を体現することがある。その死には個人的理由があるにしても、時代の病理が不思議に附着する。そのことによってその死は象徴的意味を獲得してゆくのである。

大正十一年七月十五日、日本共産党が非合法に結成（委員長堺利彦）される。十一月、コミンテルン第四回大会で日本支部として承認、翌十二年六月五日、第一次共産党検挙。

大正十四年三月二日、普通選挙法案、衆議院修正可決、三月七日、治安維持法案、同じく修正可決。同年九月『無産者新聞』創刊。

大正十五年三月五日、労働農民党結成、十二月、日本共産党再建される。

昭和三年二月『赤旗』創刊、三月十五日、共産党員全国的大検挙（四八八人起訴）。七月、無産大衆党（労農派）結成。

昭和四年三月五日、山本宣治暗殺、四月十六日、共産党大検挙（三三九人起訴）。

昭和五年二月二十六日、共産党員大検挙（四六一人起訴）。

度重なる共産党員の検挙は、いかに当時の社会が急進化していたかを物語る。ロシア革命を継ぐボルシェヴィキ路線を踏襲しようとする革命勢力と、天皇制国家を護持しようとする支配層の死闘が演じられていたのである。

わずか十数年前（大正五年）、民本主義の唱導によって一世を風靡した吉野作造はもはや時代遅れと見做され、『貧乏物語』の河上肇をはじめとして、山川均、福本和夫、猪俣津南雄といった若い世代の思想家が論壇をリードしていたのであった。

やがて文学界でいえば中野重治（一九〇二生）、思想界でいえば野呂栄太郎（一九〇〇生）が、そうした時代思潮の体現者として登場してくることになる。

こうした社会風潮、時代思潮は、吉田満少年に自覚されたわけでもなく、新中産階級のサラリーマン家庭の吉田家を直撃したわけでもない。むしろ、そうした社会の動揺にも拘らず、東京では平穏な家庭生活、学校生活が可能であったことを確認すべきであろう。

しかし、太平洋戦争に直面して、「祖国の危機」に殉じようとした戦中派の問題を考えるとき、それから一世代前の青年たちには、もう一つ別な深刻な問題を抱えた別の青春があったことも確認しておかなければならないということである。

それは社会問題、社会正義、社会革命という命題を突きつけられた青春である。事実、一九二〇年代の日本社会は、労働問題、農村問題、婦人問題といった言葉に集約される社会問題が山積していたし、そこには〝絶対的貧困〟とも呼ばるべき社会矛盾が存在したし、疎外され、解放されざる民衆が厳として存在していたのである。

文学者や思想家が、そうした社会矛盾に敏感であったように、またそうした文学者や思想家の影響下に、多くの青年、学生は自らの青春を社会変革に投じていったのである。

そのころのもっとも良心的な学生であった松田道雄氏は当時を回想しながら次のようにいう（『昭和思想集Ⅰ』解説〈近代日本思想大系35 一九七四年、筑摩書房〉）。

「昭和のはじめの共産主義運動といわれるものは、みずからをプロレタリアートと同一化した青年インテリゲンチアの運動であった。それは（共産主義運動に）『魅せられた世代』がどうして生まれたかを日本の思想の流れのなかでとらえると同時に、この『魅せられた世代』が昭和のはじめの十年のあいだにどのようにかかわっていくかを追跡することである」

と前置きした上で、

「昭和初期のマルクス主義の『流行』は、今にして思えば信仰であった。信じられたのは人類の究極的救世主としてのプロレタリアートであった。信じたのは中等以上の教育を受けた青年が主であった。しかも、その中心となったのは、官立の大学の学生であった」

と当時の〝信仰〟の論理を説明し、さらに学生たちの心情を次のように描いている。

「私の身近かにいた何人かの友人は、たしかにプロレタリア革命の勝利を信じ、プロレタリアートのために一身をささげて死んでいった。彼らの殉教の倫理的清冽に、それほどまでも献身的でなかったものは、いつまでも心を鞭打たれた」（傍点・筆者）

祖国の危機に殉じた青春とプロレタリア革命に殉じた青春は、一見、遠く距たっている。しかし、それはわずか二十年の歴史の間に出現した両極にある青春の貌である。

昭和初頭に青春を送った松田道雄氏は、ながい歳月ののちに、社会主義への幻滅を嚙みしめながら、最後に自らの青春の友人たちの倫理的清冽を証言しなければ気持は安まらなかった。これもまたもう一つの鎮魂といえるであろう。戦中派への鎮魂を模索してゆくことは、国家と社会(階級)という命題を考えぬくことでもなければならないであろう。

政党政治の変転

震災を境として、旧来の江戸っ児に代って新中産インテリ階級が東京市民の顔となっていった時代、社会の動揺と不安に対して、思想も文学も青春も急進化していった時代、日本国家、日本の支配階級は何を志向していたのか。

政党政治の嫡子たる原敬が粒々辛苦の果てに、藩閥勢力を排して、政党内閣を成立させたのが、大正七年九月二十九日。しかしその原敬は大正十年十一月四日、東京駅頭で刺殺された。それは日本の政党政治の命運を暗示する事件であった。

原敬没後、日本の政党政治は内部抗争と合従連衡のうちに、ついに最後まで安定することなく、やがて擡頭する軍部に圧倒されてゆくのである。

原敬内閣ののち、内閣は次のような交替を繰り返す。

高橋是清内閣↓加藤友三郎内閣↓山本権兵衛内閣↓清浦奎吾内閣↓加藤高明内閣↓若槻礼次郎内閣↓田中義一内閣……。

いずれも相当な人物だが、複雑な議会と政党に対して、原敬のような統率力、指導力を発揮することはできずに終っている。

高橋是清は政府内部の反乱を押えることができず、加藤友三郎は病死し、山本権兵衛は虎ノ門事件（難波大助の皇太子狙撃事件）で引責辞職。清浦奎吾は藩閥寄りの官僚上りで反撥を買い、加藤高明は憲政会総裁で普選を実現したが在任中に病死、若槻礼次郎は加藤高明の後を継いだ憲政会総裁であったが、金融恐慌で辞職。

加藤友三郎、山本権兵衛は海軍の大立者だがやはりこの時点では高齢に過ぎた。加藤高明も同様、高橋是清は財政家として傑出しているが、政党政治家としてはどこか欠けていたようである。若槻礼次郎は日本の将来にとって唯一の希望であったが、運がなかった。

一方、当時の最大の政党であった政友会総裁は、原敬→高橋是清→田中義一と交替している。この田中義一こそ、明晰な頭脳をもち、広い視野もありながら、内外の強硬政策を遂行した総本山として、近代日本の転換点に立つ存在である。近代日本の命運を考える場合、われわれが原敬の次に注目すべき人物なのである。

田中義一は長州出身、日露戦争に満洲軍参謀として参加、陸軍省軍事課長、軍務局長、参謀次長を歴任、原敬内閣の陸相としてシベリア出兵を遂行、山県有朋なきあとの陸軍長州閥の総帥だったのである。やがて山東出兵を強行し、東方会議を主宰、中国革命への干渉と満洲権益の擁護につとめ、国内政策でも共産党弾圧の中心であった。張作霖爆死事件（昭三・六・四）で内閣を投げ出しているが、まさに、田中義一のパーソナリティのなかに、昭和日本の運命が暗示されているように思われる。田中義一自身は昭和四年九月二十八日、悪評で政友会総裁の更迭が問題化したときに急逝したが、日本の軍部は田中路線を歩みつづけたといえないことはない。

大きく考えれば、政治的天才原敬なきあと、日本の政党政治は、ついに十分な機能と均衡を回復しなかったといってよい。

ワシントン体制の意味

こうした政界の慌しい変転は、日本の国際環境を考えない限り、具体的な図柄にはならない。日露戦争で日本が勝利したとき、日本人は富国強兵という至上目標を達成して、一挙に緊張がゆるんだのであるが、しかし、国際関係から見るとき、それまで好意的であったアメリカのセオドア・ルーズベルト大統領は、途端に日本への警戒心を抱くことになった。日米両国は太平洋を挟み、太平洋の覇権をめぐって対立してゆく宿命にあった。

そしてこの日米関係は、具体的には中国問題として現われるのである。明治維新以降、日清・日露を通して、日本は半島と中国大陸へのコミットを深めていったが、アメリカもまた、ハワイ、フィリピンと勢力を西漸させ、中国に対し、機会均等と門戸開放を求めた。ヨーロッパが世界的に膨脹し、世界各地に植民地を獲得した時代におくれて、日本もアメリカも、ヨーロッパに倣って権益の拡大を求めたのであった。それはレーニンの帝国主義論がいうように独占資本の対外的表現といったものではないが、近代国家がある段階で覇権を争って膨脹してゆく自由帝国主義ともいうべきものである。

アメリカは日露戦争直後から、満洲鉄道への割り込みを策し、日本の反対のために失敗している。さらにアメリカ内での日系移民排斥運動もこのころからすでに顕在化している。ルーズベルトは、大西洋艦隊を太平洋に回航させ、日本軍の攻撃に備えた。この大西洋艦隊が世界一周に乗り出すことになったとき、日本の西園寺内閣の海相斎藤実は、日米間の緊張を憂えて、艦隊の日本寄港を提言し、アメリカ艦隊の招待と歓迎によって、排日感情を柔げようとした。明治四十一年十月十八日、横浜に入港した艦隊に対して、日本は朝野をあげて大歓迎をしたのだが、一方で日本海軍は同時に一カ月にわたる海軍大演習を行い、その演習海域は、台湾海峡から九州南部・琉球列島・大島方面に及ぶという、これまでにない大規模なものであったという。

日米関係は軍事的にみるとき、すでに日露戦争直後から潜在的対立関係にあり、仮想敵国として相対していたのであった。このことはその後の日米関係を考えてゆく上でも基本的前提として銘記しなければならない。

日露戦争以後、世界の列強は、史上空前の建艦競争に乗り出してゆく。それは日本自身が日本海海戦で示した艦隊決戦思想が世界を支配したのである。明治四十年四月、陸軍参謀本部・海軍軍令部が共同起草した「帝国国防方針」に基づき、日本海軍が構想したものが、いわゆる八八艦隊であった。

しかし、こうした建艦競争は各国の財政事情を圧迫し、大正十一年、ワシントンで開催された海軍軍縮会議の目的は、太平洋に関わる日本、アメリカ、英国の間の妥協をはかることであった。

日本全権加藤友三郎は、日米関係の重要性をよく認識し、日本海軍を押えていわゆる五・五・三の比率を呑んだ。それだけではない。ワシントン会議は、海軍力に限っていえば、日本の西太平洋における制海権の掌握を認めたことであり、またアメリカは英国と均等の立場を認めさせ、主役の座についたのである。同時に、日英同盟は廃棄され、中国の独立と領土保全が約束され、日本は満蒙投資優先権を放棄し、山東省権益を中国に返還したのであった。

当時の軍縮会議もまた、今日の米ソの核軍縮交渉と同様、困難を極めたであろうが、日本の支配層はこれを妥結させる自制力を有していたのであった。

しかし、そのために、会議に専門委員として参加した加藤寛治をはじめとする海軍内強硬派の不満がくすぶりつづけることになる。太平洋戦争への道は、このワシントン体制という国際的枠組の打破として辿られてゆくのである。

全権加藤友三郎が海軍次官に送った口述伝言は彼の識見を遺憾なく伝えている。

「国防は軍人の専有物にあらず。戦争もまた軍人にてなし得べきものにあらず。国家総動員してこれにあたらざれば目的を達しがたし。故に一方にては、軍備を整うると同時に民間工業力を発達せしめ、貿易を奨励し、更に国力を充実するにあらずんば、いかに軍備の充実あるも活用するあたわず。平たくいえば、金がなければ戦争ができぬということなり（後略）」

加藤友三郎は日米戦争は不可能だ、という明晰な判断のもち主だったのである。その加藤友三郎は関東大震災の年、八月二十四日、首相在任中に死んだ。震災はかくして、そののちの日本国家の激震を暗示するのである。

第二章　府立四中の漢文教育

府立四中

吉田満は昭和十（一九三五）年四月、東京府立第四中学に入学した。当時の府立四中は、府立一中のライバル校と見做されている難関の公立中学であった。しかし、長谷戸小学校で首席を通した満少年としては合格にそれほどの無理はなかったであろう。

戦後、学制改革に伴って戸山高校となった今は、新宿区戸山町の女子学習院の隣りに位置しているが、戦前の府立四中はながい間、市ヶ谷の加賀町に存在し、空襲によって消失するまで、変らなかった。したがって、満少年は恵比寿から山手線で代々木経由中央線の市ヶ谷駅に出て、四中に通ったことになる。

『追憶　吉田満』に、中学時代からの友人として一人だけ寄稿されている福留徹氏の文章によって当時の印象を再現してみよう。

「吉田君とは四中入校後、直ちに親しい友人となった。組が同じであったうえ、吉田君の御宅が恵比寿で、私は目黒乗換え目蒲線奥沢であった関係上、よく学校から一緒に帰ったものである。

入校早々の印象もハッキリ目に浮かぶ。端麗な白皙の美少年で、口元を一寸曲げてニコッと笑う可愛い笑顔、スマートな身ごなし、どことなく堅い四中生には相応しくない感じもあった。当時、四中は市ヶ谷の陸士横を通っていったところにあったが、四中生は毎朝急な左内坂を、白い肩掛けカバンを背中につめて走ったものである。吉田君も時には走ったことがあったように思う。四中の思い出で特に目に浮かぶのは、朝校庭の隅の黒板塀の横で英語の訳を教わったことである。吉田君は文字通りの秀才であり、勉強は何でもよく出来たが、数学、英語は特に得意であったうえ、几帳面で宿題予習は完全に出来ており、何時でも親切丁寧に教えていただける、まことに頼りになる友人であった。また四中は漢文に大変熱心であったが、授業の前に必ず予め白文帳に筆で書いておくことが要求されていたが、吉田君の字の綺麗さに感心したものである。又、当時四中には有名な『居残り』制度があり、宿題を忘れたり、先生に指されて出来なかったりすると、先生より『居残り』を命ぜられる。居残り生は教員室横の室で自習するのであるが、吉田君は数少い居残り経験のない生徒であったと思う。

御宅に伺ったこともあるが、整然と片づいていて、書棚には本が沢山並んでおり感心したものである。

いろいろの思い出があるが、悪戯についてはでてこない。那須の修養道場等悪戯をしたものであるが、同君は仲間に入らない真面目な中学生であったと思う。

そのような吉田君にも泣き所もあった。それは体操であり、特に器械体操は不得意であったと思う。

記憶から浮かぶ中学生吉田君の人物像は、一言でいって本当に真面目な秀才であったといえる」

この福留徹氏は四年で海軍兵学校に進み、海兵七十期、三分の二の同期生が戦死という被害のもっとも大きい世代である。対潜学校を経て、駆逐艦に乗り込み、ラバウル、ニューギニア沖で二回、乗艦の沈没を経験し、やはり、死線を越えた方。戦後は復員されて、大学に入り日本鋼管に勤められ、それ以後も吉田満氏との交際も続けられた方である。

福留氏の回想によると、満少年は四中時代は副級長を務め、また家に遊びにゆくと、家では和服を着ていたという。


福留氏の文章及び回想を通しても、満少年のイメージは、斎大治氏の抱いたイメージとほとんど変っていない。満少年はやさしく真面目な秀才ということで、その秀才の内面が、どのような内実をもち、どのような思念によって埋められていたのか、想像する手掛りはない。

夫人の回想によると、四中の校風にあまり親しめなかったようで、四中時代の思い出をあまり語りたがらなかったという。

当時の四中は〝ガリ勉〟の俗称のあった受験校で、ズボンのポケットを縫い込んでしまうという厳格な規律を強いた学校であった。

むしろ福留氏の回想もまた、満少年自身よりも、躾のよかった吉田家の家風を想像させる。またいかに満少年が父母のいつくしみのなかで育っていたかを物語る。本棚に並ぶたくさんの書物（それは父茂氏の示唆であろうか）、和服を着た満少年の姿（それは母つなさんの趣味であろうか）。思春期の少年たちにとって、友人の家庭のひと味ちがう趣味のよさというものは、ショックといってよいほどの強い印象を与えるものである。

東京の公立中学

けれども、吉田満にとって府立四中は何ものも与えなかったかといえば否である。とくにその漢文教育は決定的な意味をもったというのが私の推測である。

福留徹氏も証言しているように、四中では漢文教育が盛んで、「授業の前に必ず予め白文帳に筆で書いておくことが要求され」たという。この漢文を白文で覚えることは基礎教育としてもっとも効果的な方法である。中学時代の四年間、漢文の時間の前に、予め家で全文を筆記するという行為は若い感受性の上に漢字という表意文字の複雑微妙な美しさを体得させたことであろう。

このことが「戦艦大和ノ最期」という文章を成立させた基礎的要因であったと考えられる。そしてまた吉田満の思想に男性的・論理的骨格を与えた基礎的要因であったとも考えられる。

なぜ府立四中ではこうした漢文教育が盛んだったのであろうか。筆者は個々の方の回想を越えて、四中の客観的な校史を知りたいと考えて、新宿区戸山町にある戸山高校を尋ね、同窓会関係の仕事を担当されている化学の村田英明教諭に面会し、種々お話を伺うと同時に『創立九十周年小史』(昭和五十二年刊)を分けて頂くことができた。

戸山高校では現在、新たな百年史を計画中で、村田先生はそのための尨大な資料収集に努力されているとのこと、また村田先生自身、戦中・戦後を同校に学んだ卒業生でもあった。「何人か卒業生もいるんですが、若い人たちは歴史などには興味がないようで……」と苦笑された。

府立四中は、もと府立一中の補充中学として、明治二十一(一八八八)年、創設されている。明治維新によって、徳川幕府が倒れ、新政府が発足した当初の東京は、旧士族の窮乏、藩閥士族の横行により混乱をきわめ、新政府と東京府は近代的制度と首都の体裁を整えることに精一杯で、財政事情からいっても教育に手が廻らなかったのが実情のようである。しかも薩長藩閥が支配する新政府は、いわば東京市民にとって占領軍であり、市民の不満を緩和するために、東京府知事に旧幕臣大久保一翁をかつぎ出したりしているが、東京市民も、東京府も被占領者の苦痛を味わわねばならなかった。

東京の教育が他府県に比べても整備がおくれたことには、財政事情に加えてこうした事情があったようである。

したがって、明治二十年ころまでは、東京では私立中学全盛時代で、開成中学、麻布中学、京華中学、独協中学、暁星中学、錦城中学、正則中学、日本中学などが、きら星のごとく並び、上級学校への進学率を競っていたという（『日比谷高校百年史』上巻〈昭和五十四年〉この百年史は多くの逸話を集め、詳細なもので、社会史・世相史・教育史の上で貴重である。この稿での一中関係の記述はすべてこれによっている）。

そうした状態のなかで、まず府立一中が、明治十一年創設されると、志望者が溢れ、欠員が生じた場合、無試験で転学させるという便宜的な形として補充中学ができたのである。

この補充中学が明治二十四年、共立中学と改称され、さらに明治二十七年、城北尋常中学となり、明治三十三年、府立か私立かの選択を迫られ、開成中学はそのまま私立の道を選び、城北は府立の道を選んだ。したがって、府立四中として発足するのは、明治三十四年のことである。

ところで、府立四中といえば、四十年の長きにわたって校長を務めた深井鑑一郎という存在を考えないわけにいかない。深井鑑一郎は明治二十四年、共立中学の時代に福島県立師範学校から漢文科教師として来任している。そして、明治三十一年、城北尋常中学時代に校長に就任、以後、府立四中への移行、恒久的敷地の購入と校舎新築（市谷加賀町一ノ一・旧徳川達道伯爵邸）に始まり、草創期の学校の組織、人事、行事、教諭などを整備し、名実共に名門校としての位置を築くことに大きな足跡を残したのである。

明治四十五年には、すでに勤続二十年を記念して、卒業生・生徒・父兄が一緒に祝賀会を催している。しかも大正年間を越え、深井校長の在職は昭和十三年に至っている。昭和九年には、その古稀を祝って同窓会が祝賀会を催している。四中の深井か、深井の四中かと称せられたというから、深井校長の経綸、識見、人望の高かったことが推察される。おそらく、深井鑑一郎がつねに学校の発展を考え、自らに寄せられる厚意をも学校に還元し、私財を投じて教育に生きた無私の態度が、この驚異的記録を生んだのであろう。

こうしたことは今日では考えられないことだが、東京の公立中学の形成期には、すぐれた校長の強力なリーダーシップがあったことは銘記さるべきである。

ちなみに、府立一中でも、勝浦鞆雄校長（明二十三〜明四十二）は、漢学と国史に造詣が深く、信念をもった偉才であったし、おそらく、勝浦鞆雄、深井鑑一郎といった存在は、日本の教育史の上で同時代人として類型を等しくする者ではあるまいか。

府立一中、府立二中（明治三十三年創設・現立川高校）、府立三中（明治三十四年創設・現両国高校）、府立四中など、明治期に創設された公立中学は、ほぼ同じような型《タイプ》であったろう。

その府立一中でも、勝浦のあと校長となった川田正澂（明四十二〜昭四）は新教育を受け、リベラルな思想の持ち主であったが、いわば大正期の第二世代は、府立五中の伊藤長七に代表されるだろう。開拓・立志・創作をモットーとして大正八（一九一九）年に創設された府立五中は、生徒の自治を重んずる自由な校風で（『東京百年史』第四巻〈昭和五十四年・ぎょうせい〉筆者自身、五中出身のため、他校との対比で実感がある）、ネクタイを着用した制服は、生徒を紳士として扱おうとする狙いがあった。いまも続く交友会誌『開拓』は、中学生の自由な文藻を育てるメディアであった。

当時、世間では府立一中を「秀才教育」、府立四中を「スパルタ教育」と呼んだといわれるが、府立五中はこれに対して「自由教育」と呼べる実質をもっていた。

吉田満少年が四中に入学したとき、この明治人深井校長は、古稀を越えてなお、その職にあった。深井校長自身は引退の意志が固かったが、東京府が許さなかったのである。いかに偉才とはいえ、やはり古稀を越えた校長はあまりに少年たちにとっては遠い存在であったろう。満少年がその校風に親しめなかったとしても当然かもしれない。

深井鑑一郎の教育方針は、「明治二十四年ころ、当時の文部大臣森有礼氏が欧米視察の帰朝後、今後の日本教育は質実剛健の国民精神を涵養するという国是を打ち出したことにはじまった」（城北学園理事長・近藤薫明氏・『創立九十周年小史』所収）という。

深井鑑一郎自身は思慮と人徳のある人柄であったが、きびしい規律を強いたその方針は、やはり、ながい間には形骸化してゆく。

大正期に在学し、昭和期に教員として在職し、教務部・教頭を務められた大山健氏の回想

(『九十周年小史』より)は次のようにいう。

「四中は戦前、一高・海兵・陸士などのエリート・コースに一番多数の卒業生を送り込んだ学校であるが、受験に強かった最大の原因は、生徒に予習復習をがっちりやらせたことにある。(略)(また)授業時間をできる限り欠かないよう配慮する(始業式の日も式のあと授業があった)。(その厳重な規律が)文字通り厳正に実行されていた。(略)私は教務の仕事は忠実に行っていたが、右のような教育方針には内心疑問を持ち、段々反対意見を抱くようになった」

「四中は東京の優秀な少年を選抜して入学させている。このような少年は、もっと自主的に行動できるよう教育する方が将来の大成を得しむる道ではないか。受験の成績だけ考えて、学課の学習だけ強制するのは教育の邪道ではないか。四中出身者の状態を見ると、官吏、学者、医師、実業家、軍人等多士済々だが、社会をリードするような人物や、画期的発明発見をするような創造的な学者はほとんど出ていない。深井先生はむしろ平凡で真面目な社会人を作ることをモットーとしているようだが、優秀な人材を受け入れる学校としては、もっと自由に伸びる余地を与えるべきではないか。余りに厳しい押し付けのため畏縮したり反抗的になったりして脱落する生徒が少くないのも教育的にマイナスではないか」

当時の教頭自身が四中の教育をこのように反省していたが、『九十周年小史』には、これに呼応するように、佐藤文男氏(昭和十二~十七年在学・東京都前教育長)が面白い回想を書いている。題して〝たまご〟。

那須の修養道場での出来事、養鶏班の連中が、こっそり、生みたての卵を食べてしまったが、先生に洩れ、〝死中〟といわれた四中の教育方針により、食べたものを処分することになった。五年乙組は厳重に追及されたが、これによって信頼で結ばれた師弟関係はこわれてしまった。〝何ら処分しないから、事実と氏名を報告してほしい〟という提案に、何人かが応じた結果、事件を犯した生徒は叱られ、報告した者と叱られた者との間にも、どうにもならない不和を生じた。

のち、私たちは〝たまご〟という会を作り、雑誌を発行し、自分たちだけの広場をもった。表紙には五年乙組の四十九人を表わす四十九個の星が描かれている。この五年乙組は同窓会という〝公認の会合〟でない自分たちだけの集まりをもっている、という。

吉田満少年が親しめなかった四中の教育環境は、二年後輩の佐藤文男氏の一文からも推測できよう。しかし、満少年はこうした環境でも反抗的にはならなかった。そしてまた、ガリ勉の雰囲気のなかで、一高を目指さず、四年で東京高校を受験している。のちに、

「君ほどの男がなぜ一高を目指さなかったんだ」

という質問に、

「うん、まあ……」

と口を濁して笑っていたという。

級長とならずに副級長となり、一高を目指さず、東京高校を選んだという行為のなかに、吉田

満という少年の、いかにも都会的な余裕と批評性が潜んでいたように思われるのである。

雪の朝

昭和十一年二月二十六日未明、青年将校が千四百余名の部隊を率いて挙兵し、内大臣斎藤実、首相岡田啓介、蔵相高橋是清、教育総監渡辺錠太郎などが殺害され、牧野前内府は行方不明、部隊は永田町一帯を占拠して国家改造を要求した、と伝えられた。

この日の東京は大雪で、青年将校の叛乱はどこかで赤穂義士の討入りを連想させた。日本歴史上の事件は、雪の日が多い。このクーデタは四日間にわたり、当初は「君側ノ奸ヲ除ク」義軍と思われた挙兵に対し、支配層と軍上層部の動揺ははげしかったが、天皇の断乎たる態度で、叛乱軍と規定され、戒厳令が敷かれ、青年将校に従った兵たちへの帰順勧告がくり返し行われ、二月二十九日には事件は解決した。

首謀者の青年将校のうち、野中大尉だけは自決したが、中心人物安藤輝三大尉をはじめ全員、憲兵隊の縛についた。けだし、自らの挙兵を〝憂国の至情〟に発した行動と考える確信犯であったためであろう。

この二・二六事件は、近代日本史上、最大の軍隊の叛乱であったが、当時の一般の東京市民たちは、為す術《すべ》を知らぬ観客だったのである。市内もまた、交通制限や営業停止などが一部にあり、日比谷、銀座などで人影がまばらになったものの、新宿や浅草は平常以上の賑わいであったという。

このとき、吉田満は四中の一年生、学年末の試験の最中でもあったろうか。残念ながら友人の記憶でも、この事件にどう反応したか定かでない。また『九十周年小史』にも当日の四中が学校としてどう対処したかの記録はない。おそらく、市ヶ谷加賀町も、事件の中心から多少の距離があり、直接の被害はなかったはずである。

この際は、永田町にあって、事件の現場の至近距離にあった府立一中の様子を一瞥しておこう。府立一中の場合、軍の叛乱が校舎の周辺で起り、学校もその巻き添えで二回にわたって全生徒に臨時休校を連絡している。全校生徒にも大きなショックを与えたはずである。しかし、事件に関する記録は少なく、当時では学校と家庭の連絡誌である『星陵』には一言の記載もなく、七月発行の『如蘭会会報』12号に「二・二六事件当時の一中、学校当局談」があるだけだという。

「2月26日朝、生徒の登校に際し、三宅坂、赤坂見附附近において、突然警戒中の兵士にその通行を差止められたるため、授業開始を一時間延期するの止むなきに至り、一方重大事変突発の風説も頻々として伝わりしを以て、確実なる情況を探査せしめたる所、形勢実に容易ならず、しかも本校は危険区域の中心に接すること明らかなりしを以て、電話を以て東京府と打合わせの結果、授業を臨時休業して、生徒一同を帰宅せしめることとし、職員これを引率の上、安全な街路に出でしめ、無事退出せしめたり。職員はなお学校に居残りて諸般の情勢を待ちしに、この事件は急に解決の見込みなきを確かめたれば、即ち翌27日も休業に決し、その旨速達郵便を以て保証人に洩れなく通知し、特に宿直員を増加して御真影の守護、重要書類の保管及び火災盗難の警戒に当らしめたり。27日職員一同出勤せしも、形勢は変化を見ず、よって28日も休業に決し、保証人に対する通知状を準備する間も、刻一刻と憂慮すべきものあるを認めたれば、さらに28、29日の両日を休業することに決めてそれぞれ発送を終りたり。既にして28日に至るも形勢依然たりしが、一方入学考査に関する校務は頻りに切迫し来れるをもって、職員はこれを処理しつつありし間に、事態はにわかに悪化し来れるをもって、校長以下数名の職員は徹宵警戒に当り、万一の場合における避難の準備を整えたるに、夜に入りて果して老幼婦女の難を本校に避くるもの陸続として来り、その数四百名に達したれば、本校はこれを地下室に収容保護したり。翌29日早朝戒厳司令官の「兵に告ぐ」の布告あり、本校前閑院宮御邸にラウドスピーカーを据えありしを以て、音声朗々として暁天に響き、一同感泣禁ずる能わず。間もなく当局より退去避難すべき命あり、附近避難民も四谷方面に去りたるを以て、校長は職員とともに御真影を奉じて渋谷区大和田小学校に赴き、同校の奉安所に安置せり。時に午前七時なり。しかるに同日午後三時過ぎに至り、騒擾鎮定の報ありたれば、直ちに御真影を奉護して同小学校を出で、四時十五分無事本校に帰着せり。

この事件は主として本校の周囲に発生せるをもって、一時は如何なる事態に至るものかと、すこぶる憂慮したりしが、幸に何等異常なく、生徒もよく命令に従ってその行動を慎み、休業四日の後、万事平素の如く教育上支障なかりしは、一同の安堵せるところなりき。よって30日始業開始に当り、校長より生徒一同に対し、この際流言蜚語に迷うことなく冷静もって学業に励むべく、特に国憲国法を遵守し、いかなる場合も直接行動に出ずるが如きは帝国臣民の本分を全うする所以にあらざる旨を訓示し、一面父兄に対しても書状を以て、事件中における本校の措置を報告し、今後の注意を求めたり」

（この文中、叛乱軍を批判している箇所は西村校長の考えに出ており、全文、西村房太郎の手を加えたものと推測されている）

事件の渦中にあった中学校の緊迫感を伝えて、その冷静な認識と行文は一種の名文といえるであろう。

また、後年の回想（創立八十周年記念誌・昭和33年）では、日本史の吉田三男教諭の文章が記録されている。それによると、当日、一中に配属されていた教練の高橋準造大尉は、事件の真相を確かめに大胆にも叛乱軍の根拠地としている総理大臣官邸に行き、首領の香田大尉に会った。「我らは国家の一大革新を企てて起ったもので、じきに全国の同志が各地で呼応して起つ」と香田大尉は豪語し、生徒は家に居らせる方がよいと答えたという。

二十七日に出勤すると、すでに昨二十六日、政府は軍隊を動員して首相官邸、山王ホテルその他を根拠とする叛乱軍を包囲しており、学校はその包囲圏内にあるので授業はできないことを知った。この日、屋上から首相官邸を見ると大きな旗が翻っており、双眼鏡で見ても風に揺れてははっきりはわからないが、「革新」の字は読めたという。

二十七日から二十八日にかけて政府は、甲府、佐倉、水戸、高崎などの軍隊を動員して討伐軍を増強し包囲軍を縮小していくと同時に、一方ではあらゆる手段をもって帰隊自首を勧告し、ついに勅語を下されたが、彼ら叛徒の首領は頑として応じないので、二十九日にいよいよ武力掃蕩を行うことに決し、討伐区域内の住民に避難命令を発する一方、強力なスピーカーを学校玄関前の裏門の傍にある閑院宮お屋敷内に設け、同日午前八時五十分頃、かの有名な諭告「兵に告ぐ」を放送した。私（吉田教諭）は自宅でラジオ放送を聞いたのであるが、情理兼ね備わった古今の名文で、思わず涙を催した。中に「今からでも遅くない」の一句は誰でも最も感激したもので、それからしばらく流行語になった……。

また当時在学した川上涇氏（昭十一年・四修）の回想によれば、「事件の何たるかよりも、われわれの関心は学校がどのくらい休みになるかに在」ったようで、「特に下級生にとっては、全く何が何だか判らない事件」だったようである。ただ生徒の父親には軍人も多かったし、政府高官もいたので、事件のあらましは、電話などによって伝えられ、新聞やラジオで公表される以前に、ほとんどの生徒の耳に入っていたという。

三十日にはじめて登校すると、日枝神社の境内にたくさんの弁当の空箱があり、校舎の真下に見える料亭「幸楽」にも同様に食事の跡がみられたという……。

吉田満のいた四中ではなく、ほぼ同質的な東京の一中の経験を眺めてみたが、当時の社会的緊迫を東京の中学校及び中学生が、どのように経験したかを知る好材料であろう。四中の一年生であった満少年にとっても、やはり休校の方が関心事であったかもしれない。

逆流

震災以後、満洲事変勃発までのほぼ十年間が、共産党の活躍にみられる社会の急進化が最大の特徴であったとすれば、昭和五、六年からの日本はまさに逆流するかのように、国家主義・民族主義が沸騰し、次々と〝革新〟の叫び声と共に、テロリズムとクーデタが企てられる。通常これを日本の反動化・ファッショ化と呼ぶ。けれども、実相はそうした動・反動では捉えがたい内実をもっていたように思う。

明らかに、世界史的に見ても、一九二〇年代はロシア革命の世界的衝撃によって、世界各国の社会が急進化した遠心力の時代であり、一九三〇年代は、それぞれの社会に求心力が働いて、ヨーロッパも日本も、そしてアメリカも国家社会主義的傾向が高まっていった時代である。ナチス・ドイツ、ファシズム・イタリアは当然のことながら、ニューディールのアメリカも、議会の祖国英国も、世界恐慌と社会不安の克服を目指して、国民が凝集してゆく季節であり、世界経済もまた自由貿易が否定されてブロック経済が叫ばれる時代であった。

しかし、橋川文三も説くように（橋川文三『昭和維新試論』〈昭和59年・朝日新聞社〉これは橋川文三の遺著である）、明治日本が帝国日本として構造化したとき、それに対する鬱積した不満、否定的衝動が、左から右から起っていったと解釈することが正しいように思われる。左翼共産主義と右翼国家主義は遠く隔たっているようにみえるが、ともに現状否定的態度において変りはない。

橋川文三によれば、「明治日本が帝国日本に転化していったときに青年を捉えた危機意識――人間的幸福の探求上にあらわれた思想上の一変種」なのである。もしも昭和維新が単なる反動や復古であるならば、〝革新〟という標語を理解することはできない。

一九二〇年代から三〇年代にかけての年譜を丹念に眺めると、震災後、左翼の擡頭が著しいのが眼につくが、日本の国家主義運動もすでに同じころから底流として起っていたことがわかる。昭和六年の三月事件、十月事件、昭和七年の血盟団事件、五・一五事件など、実際の直接行動として現れるのは、一九三〇年代に入ってからであるが、北一輝、大川周明、西田税、安岡正篤などが結社をつくり、統合と分裂を繰り返すのは一九二〇年代に始まっている。したがって、左も右も同時代現象と考えることもできる。

いわば帝国日本が確立し、その内外の構造が確定したとき、そこから疎外された階層、あるいは構造自体に批判的な人々が徐々にエネルギーを貯えていったと考えられるのである。したがって、その対立の図式は大雑把には現状維持と現代変革とに分類することができる。

その帝国日本の構造とは、明治憲法（欽定憲法）によって定められた天皇を頂点とし、元老、重臣、貴族、官僚、軍閥、政党、財閥などを中核とした支配階層によって占められていた。

そしてその国際的な外延は、台湾、朝鮮を植民地として、満洲に満鉄を中心とした権益をもち、また第一次世界大戦の結果、信託統治を委任された南洋群島があり、北に革命ロシアと相対峙し、西太平洋において米国と相対峙していたのである。

とくに考慮に入れるべきは、大陸中国が近代革命の試みにも拘らず、それが挫折して近代国家の実質を整え得ず、欧米諸国と日本によって半植民地状態が継続していたことである。日本側にいわせれば、中国政府は信頼できる唯一の交渉相手ではなく、中国側にいわせれば、弱味につけこんで欧米以上に図に乗った帝国主義的態度に映じたことであろう。

明治における日清・日露戦争は、南下する帝政ロシアの浸透を抜きにして考えることは不可能であり、満蒙から朝鮮半島へと浸透するロシアの勢力は〝ロシアの脅威〟として、日本の安全をも脅かすものであったろう。しかし、朝鮮民族、中国民族にとっては、ロシアも日本も同じ侵略者であることに変りはなかった。この根本的ディレンマに正解を出すことは、きわめて困難な主題である。

ともあれ、伝統的で因襲に支配された韓国と中国に見切りをつけて、脱亜入欧を果たした日本は、帝国日本として自己を確立したのである。石橋湛山の唱えた小日本主義は敗戦によってその先見性を証明されたが、日露戦争によって確定された帝国日本の構造を考えるとき、その実現性はきわめて乏しかった。多くの日本人は帝国日本の存在を前提として判断したのである。それを今日の眼から道義的に断罪することはやさしいが、歴史を見る眼とはいえない。近代日本の歴史は帝国主義と理想主義が共存する不思議な空間（長尾龍一氏）だったのである。

政党政治や財閥は金権腐敗の象徴として断罪された。それは左も右も同様である。それに青年の無垢な眼から見れば当然であったが、政治や経済の実態を認識した成熟した大人の眼ではなかった。

日本の議会と政党が実質的権力を獲得し、その機能を発揮し出してから日は浅かった。また日本の経済が国家財政の要求を越えて、民間に富を蓄積し始めてからも日は浅かった。日本の知識人にリベラルな思想が根づくためにも時間がなさすぎた。

むしろ、帝国日本の支配層には、すぐれた意味での保守主義が欠如していたのである。「大人たちは一様に自信を失っているように見えた」とは松田道雄の述懐であるが、支配層に真の保守主義がなく、知識人には自信がなかった。したがって、共産主義運動が激化すると恐怖感から大弾圧をくりかえし、国家主義運動が擡頭すると、それに対して妥協を重ねていった。若者たちに媚びたのである。

帝国日本は、社会問題が山積したとき、それにもっと正面から取り組むべきであった。しかし、もはや硬直しはじめた体制は、民衆や青年や知識人を満足させるだけの柔軟な判断力をもてなかった。青年学生や青年将校にとって、体制はわれわれの体制ではなく、彼らの体制でしかなかった。

満洲事変の勃発はそうした多くのディレンマを突破する青年将校の大博奕であった。支配層はそれを止める力をもたず、大多数の日本人はそこに希望をつないだのであった。

第三章　東京高校時代

七年制高校

昭和十四（一九三九）年四月、吉田満は東京高校（以下、東高と略すこともある）に入学した。中学四年修了での最短コースである。昭和十四年といえば、ノモンハン事件が勃発して、ソ満国境の緊張を改めて意識させ、日独伊三国同盟が三国の間で画策されながら、独ソ不可侵条約の調印という〝複雑怪奇〟な事件で、平沼騏一郎内閣が総辞職した年でもある。日本と英・米との関係は日増しに悪化しつつあり、日支事変の解決の見通しはなく、汪兆銘の重慶脱出で、新政府樹立を企てることになる。それは〈蔣介石政権対手ニセズ〉の声明が具体化したことでもあった。

拡大する戦火は国民生活にも影を落とし、内地の生活も日々、統制色を強め、衣料も食料も窮屈になっていった。国民精神総動員という政府の掛け声で、政党のみならず、芸術も学問もジャーナリズムも戦時色を強めてゆく。教育界も例外ではなかった。

しかしまた、非常時下にありながら、東京のある部分には冬の日だまりのように、平穏と自由とがわずかながらに確保されていた。もはや左翼運動に走る自由はなく、マルクス主義・共産主義文献を読むこと自体、禁圧されていたが、それを除けば、知識階級や学生たちは、西欧思想や西欧文学を読み、クラシック音楽や洋画を娯しみながら、喫茶店や居酒屋で会話する自由はあった。考えること、判断することの自由は残されていたのである。昭和十三年、東大教授河合栄治郎の著書のあるものは発禁となり、また彼自身、休職処分にあった上で、出版法違反で起訴されたが、同時に、彼の書いた『学生に与う』や彼の監修した学生叢書は、広範囲の学生に読まれていたのである。

こうした雰囲気は昭和十二、三年から、昭和十七、八年まで継続していたと考えられる。当時、小学生であった私は悪童仲間に入って遊んでいたが、道を通る若い女性に向って、「パーマネントはよしましょう」という当時のスローガンを囃し立ててからかったものである。ということは、昭和十六、七年の段階で、依然として、若い女性の間で、パーマネントが流行っていた、そうした風俗が遺っていたことを物語る——。

吉田満の入った東京高校は、官立で唯一の七年制高校であった。このことは、旧制高校自体が過去のものとなり、七年制高校という独特の語感を実感できなくなったいまとなっては、いささか説明を要する。

東高が設立されたのは大正十（一九二一）年のことであるが、当時の教育界は、明治以来の教育制度を、新しい社会の要請に応えて改革しようという気運があり、その波に乗って造られていった高校の一つなのである。

明治の教育制度は、七帝国大学とその予備門的性格の旧制高校を中心とした官学偏重であり、早稲田や慶応もまた正式の大学として認知されていなかった。

したがって国家の中枢を担うエリート教育と小学校を中心とした義務教育に二分され、社会の中堅層、中間指導者や地方の指導者層を養成する必要に迫られた。澎湃《ほうはい》としておこる教育熱のために、受験競争が激烈となり、政府高官の子弟の間にも、受験浪人が続出したために、問題の切実さが広く実感されたのであろう。

こうした背景には、第一次世界大戦による好景気と産業化、都市化の進展による新中産階級の勃興、大正デモクラシーの波による社会意識の変化と大衆の登場といった社会の構造変化が考えられる。

そのために、臨時の教育会議が内閣の下で開かれ、紆余曲折の上に、官立、公立、私立の三本立てで高校が企画され新設の官立高校も全国で十七校に及んだ。

東京、大阪、静岡、浦和、姫路、広島、松江、高知、福岡、弘前、水戸、山形、佐賀などである。

早稲田、慶応などの私立大学も、正式に大学令による大学に昇格した。

また、甲州財閥の根津嘉一郎は、私立の武蔵高校を創設し、校長に一木《いちき》喜徳郎を迎えた。いわば、この武蔵高校と東京高校が七年制高校のはしりといえるであろう。

その後、府立高校、成蹊高校、成城高校、富山高校、学習院、甲南高校、浪速高校、台北高校と計十校の七年制高校が創設されていっているのである。

七年制高校の狙いは、すでに受験競争の弊害が社会問題となっていたとき、中学・高校を一貫した教育の場とすることで、ドイツのギムナジウムやフランスのリセーに倣うすぐれた高等普通教育を目指すものであった。

とくに当初においては、帝国大学への予備門となることを避け、七年制ののちに、一年間の専攻期間を設けて、それによって社会に立てる人材養成を考えていたことは面白い。

しかし、現実には、尋常科から高等科に進む際に、外から新しい中学卒業者を迎えること、また大学進学を当然の前提とする妥協的形態に落ちついてしまった。制度改革というものの難しさを語る一例である。

こうした背景で生れた七年制高校であるが、東京の中産階級の家庭では、独特の響きをもって歓迎されていた。とくに小学生をもつ教育ママたちにとっては、わが子をきびしい受験戦争からかばいたい気持から、一度は話題にのぼったものである。筆者なども、虚弱体質を心配した両親から、東京、都立、武蔵といった学校の名前が出たことを、いまだに記憶している。

東京高校小史

官立の唯一の七年制高校である東京高校は、戦後の新制切り替え時に廃校になってしまった。武蔵・成蹊・都（府）立といった高校が大学に切り替ったのとちがい、いまは存在しない。

三十年に満たない歳月のうちに歴史を閉じた母校を惜しんで、その同窓生たちが集まり、昭和四十五年、『東京高等学校史』を編纂している。刊行委員会（委員長・菅野達雄）が組織され、多くの同窓生が資料を提供し、寄附金が集められ、実際の執筆は清水英夫氏（16回卒・文甲・青山学院女子短大教授・出版学会理事）が担当している。四年の歳月を費して完成した書物は、五八八頁の浩瀚なもので、当時の同窓会会長・篠島秀雄氏（元三菱化成社長）が序文を寄せている。この『校史』に依りながら、東高の輪廓と表情をスケッチしておこう。

東京高校の初代校長は湯原元一、東京音楽学校長、東京女子高等師範学校長を経て、東京高校校長の辞令が下りたときは、満五十八歳であった。東京音楽学校長であった明治十四（一八八一）年、欧米の教育事情視察のために文部省から派遣され、先進国の高等教育の実情に強い刺激を受けたという。そのために湯原元一は高等教育の方向について、抱負を抱いていたであろうし、リベラルな姿勢を身につけていた。

その湯原元一は、大正十年二月二十七日から七回にわたって、『朝日新聞』に「教育対文芸の争闘」と題する論説を掲載し、文芸界で恋愛論・性欲論が盛んになり、それが教育に悪影響を及ぼしていることを明言しつつも、教育界に見識ある人物が存在しないために、正当にこれを批判することができず、文芸が隆盛を極めるのに反し、教育は寂れゆくだけであることを歎いた。教育と文芸の原理的相違をはっきりと自覚した点でみごとであり、人材の不足を歎く声は今日にもつながっているといえよう。

東高は、最初神田一ッ橋にあった旧外国語学校校舎（現在の学士会館のある場所）を仮校舎として開校された。校舎は廃屋に近いもので、関係者はその修理に苦労されたという。それでも最初の募集には定員八十名に対して八・四倍の六百七十五人が応募したというから、東京での人気と期待は最初から高かったのである。

湯原校長は全国から、教育に熱心で尋常科にとびこむ熱意ある人材を集めて教職員を整え、生徒に対しては、あくまでも生徒を信じ煩瑣な規則を設けない方針で臨んだ。

東高の教育の特色は語学教育の充実であり、すぐれた能力ある生徒はどんどん先に進ませる一種の英才教育でもあった。語学も単なる語学ではなく、外国理解を正確にする〝精神的触覚〟を重んじたという。

開校まもない大正十二年九月一日、関東大震災が起る。突貫工事が進められ、十一月、東京高校はやっと中野に出来た本校舎に腰を据えることができた。

当時の周辺は家もなく、一面の青い麦畑で畑の真中に、〝豆腐を横にしたような〟鉄筋三階建ての建物があったという。敷地は一万四千七百余坪。令息茂吉郎氏を昭和三年に入学させた野上弥生子は、森も木立もなく、工場のような建物の外観に失望したという。

ところで、いまではすっかり廃れてしまった風俗だが、高校生の制服・制帽は当時の青春風俗の一つであった。東高の制服・制帽の決め方に、存外、校風の端的なシンボルを眺めることができる。

東高の徽章は菊の葉を象《かたど》ったものだが、制帽は二本の白線に菊葉の徽章をつけた学習院式の海軍型であり、制服は黒サージに毛べり、ホック留めでユニークなものであった。湯原校長は国内的には〝智を一高に、品位を学習院に〟倣おうとしたのだという。

外套は折襟の軍人型二列金ボタン式であったが、これは高等科の生徒に敬遠され、マント・朴歯を多く用いるようになり、学校もそれを黙認した形となった。

こうしたところに、明治時代に形成された蛮カラな書生風俗を改め、都会的で品位ある新風俗を志向した湯原校長の狙いが現われているようである。

また高校生活の実質である寮生活は、東高の場合、大成寮というモダーンな一人一室の寮が建設されながら、当初は入寮する者が少なかった。東京在住の家庭が多かったためであろう。また一高的蛮カラを排し、スマートな紳士の養成を狙った方針からも、寮生活は矛盾すると考えられたのであった。

しかし、そのために寮は財政的に行きづまり、廃止か強制入寮かの選択を迫られ、昭和十年になって、高等科一年生の全員強制入寮が決定された。

大正十四年には、高等科が出発し、七十四名の尋常科修了組と八十名の新たな入学者を迎えて、混血の刺激的な高等科が形成されてゆく。

大正十五年には、十一月七日、第一回記念祭が挙行され、東高独自の東高踊りが生徒たち自らの手で創作されたのである。これまでの踊りが原始的なものでサマになっていないことを反省し、勇壮で振りつけのついたものになるよう工夫したという。

赤い夕日にかがやく紅葉
　これぞ健児の胸の色

この歌詞が東高節の原型であるという。

共同生活、集団生活にはリズムがなければならない。かつて戦前の高校生活も、こうしたリズム感を形成し、所有していたのである。


初代校長・湯原元一は、昭和二年惜しまれつつ退官し、以後、東京高校は、塚原政治校長（静岡高校校長から赴任・児童心理学専攻）→近沢道元校長（水戸高校校長から赴任・独文学専攻）→藤原正校長（北大予科主事・哲学専攻）→峰尾都治《よしはる》校長（一高教頭・英文学専攻）と四人の校長を戴くことになるが、戦時下に次第に自由が狭められていったこともあり、初代湯原元一のような印象と感動を生徒に与えることはできなかったようである。

東高の歴史を眺めると、時代を反映したさまざまな事件によって彩られている。

古くは昭和二年の北川教授情死事件、戦後には亀井英四郎教授の餓死事件など有名なものだが、生徒の例では、昭和十四年一月一日、東高生三人による満洲潜入事件がある。Y教授の強い影響を受けたといわれる三人が、正月元旦、失踪して満洲に潜入し、労働者として反戦運動を展開しようとした事件である。

もちろん、組織的背景もなく空想的な試みは現地で手掛りもつかめず、日本に帰国して治安維持法によって検挙されたという。

東高の校友会には、二十二の部会があり（昭四年段階）、文化関係では、文芸部、新聞部、弁論部、美術部、音楽部、書道部、科学部などがあった。

また体育関係では、柔道部、剣道部、弓道部、野球部、蹴球部、庭球部、籠球部、卓球部、競技部、水泳部、スキー部、山岳部、馬術部、旅行部、射撃部、などである。

高校生活の活力に満ちたドラマは、こうした部活動の具体的な姿のなかに展開されたのであるが、いまはそれに触れる余裕はない。

最後に、東高カラーを理解するために、綽名《あだな》のジュラルミン高校という名称に触れて特色を考えておこう。

ジュラルミンは、アルミニウムを主成分とする軽合金で、性質が優秀なために、一九三〇年代、急速に飛行機・自動車などをはじめ、社会生活に使用され出した合成金属である。鉄や鋼といった天然産と比べて優秀であって軽い。ジュラルミン高校の命名は、東高の生徒は、スマートで都会的で優秀だが、なんとなく軽い、という若干の皮肉を含めた言葉だったのである。戦後、日本のジャーナリズムで活躍したアメリカ通、アメリカ的社会科学を担いだ学者たち、清水幾太郎、南博、宮城音弥といった諸氏がいずれも東高出身であったことで、ジュラルミン高校という言葉の響きやイメージが、諸氏の風貌とともに甦ったものである。

ともかく、東高カラーというものは、東京という都会の性格を反映したものであり、その中産階級・インテリ階級の性格の反映でもあったといえよう。

浮かび上る肖像

十六歳の少年吉田満が入学した東京高校はこうした背景と環境と性格を備えた場所であった。そして満少年はこの中で初めて、彼自身の内面を語りはじめ、豊かな感性と落着いた思索、伸びやかな青春の生活を開花させてゆくことになる。それは彼自身の生涯の性格が輪郭をもって浮き上ってくる時期でもあった。

もちろん、それは戦時下に徐々に自由を奪われ、さまざまな拘束を受けた、息苦しい、束の間の青春といえるものであった。それだけに微妙で貴重な体験を形成していっているのである。『追憶　吉田満』という書物の巻頭は、東高時代の友人住吉弘人氏の「鎮魂歌——友、吉田満に捧ぐ——」によって飾られている。それは長詩形の絶唱であるが、吉田満という存在と生涯を圧縮した形で歌いあげた叙事詩ともいえるみごとなものである。その全体については、もっと後になって鑑賞してみたいと思うが、ここでは、東高時代の出会いを歌った部分を引用しておこう。

先ず泛んだ大成寮の図書室　その窓にそよぐポプラの梢
——君も僕も東京高等学校の寮の図書委員だった——
僕らの買って来た哲学書や文学書が誇らしげに並ぶ本棚
神田の本屋から抱えて帰って来る宝物の重かったこと
「野村あらえびす」から選んで買ったレコードの初聞き
メンデルスゾーンのヴァイオリン・コンチェルトを初めて聴いた時の胸苦しかった感傷
——あれが、キラキラ光る「青春」だったのだろうか
読んだ岩波文庫の星数を競い
人格、創造、孤独、友情、絶対、信仰、そして愛と死
こんな単語をやたらに羅列した文章を

文芸部誌や寮誌にかきながら
――君も僕も文芸部員だった――
戦時下の蛮風に抗し、必死に違った青春を確保しようとした
白線とマントは高貴な魂をかくすための弊衣であった

ランプの下に吸いよせられ乱舞する蛾のように
毎夜友と血みどろの知的闘争を繰返していた日々
君は、ある時は知的勝者としてほほえみ
ある時は敗者として呻きつつ倒れる蛾だった
受けとめられぬ友情に傷ついた翅をふるわせながら
――あれが、キラキラ光る「青春」だったのだろうか

遠い歳月を経ての追憶は、感傷によって美化されているとしても、この時代の高校生活のある典型が描出されていることはまちがいない。とくに図書委員であり、文芸部員であった二人の姿勢には、研澄まされた感受性と理知的であろうとする意志が貫かれていた情感がよく出ている。

この描写のなかには戦争を語る語句もなく、まったく自由で清新な理想主義が溢れている。〝戦時下の蛮風に抗し〟という一句によって、こうした姿勢が反時局的、少なくとも非時局的だ

ったことがわかる。蛮風とは、かつての高校生の蛮カラ風と、軍国調のシメッケによる野蛮で単純な風潮との二つをからませてあるのであろう。〝必死に違った青春を確保しようとした〟ところに、彼らの誇りと知性があった。

戦時下に戦争を語らず、戦後にデモクラシーを語らず、という禁欲的態度にこそ、高貴で批判精神に満ちた青春があったのである。

高校生吉田満は、読書好きで思索的な少年の面影を宿して登場している。満少年は哲学的文芸的少年であり、とくに強調すべきは当時排撃の的となっていた自由主義《リベラル》的な態度を堅持している『戦艦大和ノ最期』の著者は、昭和十四年、高校生として、反時局的な人間だったことである。

住吉弘人氏（元コスモ石油社長）の追憶によると、二人は一緒によく中野の寮から、神田や新宿に出向いたという。神田の古本屋街、新宿の紀伊國屋書店は、当時から学生の知的ふるさとだったのである。

新宿には当時「ウエルテル」という喫茶店があり、買ったばかりの書物やレコードを抱えて、コーヒーを飲みながら、買ってきた品物の品定めをするのが楽しみだったという。

また、当時の新宿には武蔵野館の地下に名画劇場があり、また名物の「ムーラン・ルージュ」があった。学校が新宿に近いためか、東高生はよく新宿を荒しまわったらしい。「ムーラン・ルージュ」のかぶりつきでフラッシュをたいた東高生がつかまり、新聞種になったことがあるという。

吉田、住吉の二人も、こちらの方へも当然足を伸ばしたことであろう。

もう少し、日常生活に即した具体的な姿を追ってみよう。寮で同室であった山岡祝氏（元池内精工社長）は、次のように当時を描いている。

「吉田と同室になってやや意外だったのは、彼は非常な読書家ではあったが、学校の勉強というのは殆どしない。部屋では滅多に教科書を開くことがないから、もともと怠け者の私だけが勉強しようと思うわけがない。受験勉強から解放され、高校の生活にも慣れて、まことにのんびりした時期だった。もっとものんびりした分だけ、試験の時には苦労することになるのだが。

吉田の試験勉強というのは頗る変っている。英語や独乙語だと左上から右下へ、国語や漢文だと右上から左下へ斜めに視線を走らせるだけで、次々と頁をめくってゆく。私が幾らも進まないうちに、彼の方は総て完了。後は小説でも読んで寝てしまう。その後、私は明方まで四苦八苦しなければならない。小学校から大学まで、大いに我らを苦しめた試験の苦労というものを、彼は全く知らなかったに違いない」

この山岡祝氏の証言は、吉田満の秀才ぶりを具体的に語っている。こうした能力はある要領のよさというよりも、直観力と感性を生かして、全体のエッセンスを摑む方法であり、感性を殺して部分に拘わると、読書は進まなくなってくる。「ケーベル先生は小説を読むように哲学書を読んだ」という記述がどこかにあった――。

山岡氏の証言をもう少し続けよう。

「普段は吉田と私の二人で秋の夜長をだべって過した。お互い、十六、七、丁度少年から青年になりかかる時期だった。彼は小柄で童顔で少年の面影を残していたが、精神的には比較的成熟していた。一方私は体が大きく柔道をやっていたが、精神的には大変幼かったように思う。したがって対話というより一方的に私が教えられることが多かったが、そんな関係は学生時代だけのことではなく、後々まで変らなかった。

だから人生とか、信仰とかいうようなことを話したことはない。そういう話は私とでは噛みあわないから、別の部屋の人としていたのだろう。だが女性とか恋愛とかいう話だと、私にも大いに興味があり熱心に彼の話を聞いた。話はトルストイの禁欲論から谷崎の世界に及び、彼自身は武者小路に同調すると言っていた。もっとも当時私に女友達があったわけではなく、女性というのは夢のような漠然としたものだったから、此処でも話が噛みあわない。そういう私を教育しようと思ったのだろう。ある日一冊の古びたノートを貸してくれた。それは御尊父の書かれたもので、若き日の手記であった。大へん女性にもてた男の体験の記録である。それは小説でないだけに生々しく、非常に面白かった。

惜しむらくは戦災で焼けてしまったそうだが、御尊父が文筆の才に優れておられたことは間違いなく、彼の文章の冴えは、その生来の血筋によるのだろう。

さてこの手記は彼の思惑通り私の小児的女性観に、大きなショックを与えた。だが、この赤裸々な手記を敢えて息子に読ませる父親が存在するということは、一層大きな驚きであった。また日頃父親の暴威に懼伏《くふく》する者にとって、この父子の関係は何とも羨しいものであったわけだ」

おそらく、山岡氏の追憶は高校に入学した一年目の話であろう。すると、吉田満が「トルストイの禁欲論から谷崎の世界に及び、彼自身は武者小路に同調する」といったことは、彼が中学生のころに、そうした読書過程を経て、禁欲でもなく、耽美派でもなく、白樺の〝自他を生かす〟理想主義の眼で恋愛を考えていたことを意味する。自らの生き方をあれかこれかの選択において選びとっていたということになる。それはまだ観念的な次元で、なんら具体的な経験に裏打ちされたものではなかったにしろ、である。

また、先に触れたことであるが、吉田満の自我は父親への抵抗という形で形成されたのではなく、父親を年上の経験ある先輩として仰ぎ、その暖い眼差しに導かれて男女関係や恋愛問題をも考えていたのである。それは〝父親の暴威に懼伏する〟息子たちが、懼伏しつつ反抗し、あるいは対立や憎悪の関係にある方が中産階級では一般的であった当時において、きわめて例外的な幸福の所有者であったことを銘記しておく必要がある。

当時の吉田満の風貌を探るために、もう一人、志垣民郎氏の追憶を記しておこう。

「それは旧制高校一年の時だった。文甲のクラス会を新宿でやったが、なぜかその日は気勢が上らなかった。ややもすれば沈滞しがちな会の中ほどで吉田が立ち上った。余興に歌をやるという。彼の歌なぞそれまで聞いていないし、一瞬みんな沈黙して待った。

『ああヨカチンチン……見れば見るほどヨカチンチン』突如として吉田の大声が会場をゆるがし、みんなはドッと湧きたった。中には一升ビンを持ってきて歌に合せて踊り出す者も出てきた。会は大いにもり上った。最後まで気勢が上ったことはいうまでもない。

会が終って私が彼に『あの歌でみんな喜んだなー』というと、彼はほんとうに嬉しそうな顔をして『ウン喜んだな』といった。

ほかの者があのワイ歌をやったのでは、それほどもり上らなかったろう。眉目秀麗、マジメ人間の吉田が、まさかと思っていた歌をやったので会場の空気を一変してしまったのだ。その演出効果まで考えて彼はやったに違いない」

まさに、吉田満は単なる秀才ではなく、仲間や集団の演出ができる才を有する端倪すべからざる資質をもっており、この才は、時として生涯の各場面に登場することになる――。

停学処分

『追憶　吉田満』には、昭和十四年、東高一年生のときの写真が一枚収録されている。制帽をかぶり、羽織・袴の和服、足袋に下駄の姿である。背はまだ伸びておらず、太い眼鏡をかけた顔立ちは、童顔を残しているが、幼いころや後年のように頬がふっくらとしておらず、顎にかけての線が鋭角的である。少年期から青年期に移行する理知の影を宿しているような面影がある。それは後輩の西迪雄氏が言うように「蛮カラを衒う高校生が少なくなかった中で、少しも気負うところがない物静かな風格」を現わしていて、自然に兄貴分として慕われる存在となっていったことがよくわかる。

そんな吉田満が、じつは東高時代、二度、停学処分を食っているのである。志垣民郎氏は、生涯、吉田満との交際をつづけ、吉田満に兄事し、影響を受けつづけた存在だが、筆者の取材を快く受け、一夕、会食をした席上、「『追憶』にも書かれていないし、誰もいっていないけれど、彼は二度、停学処分にあっているんだよ」と、その経緯を語り出した。私はその証言の意外さに緊張した。『戦艦大和ノ最期』の真直な姿勢からいって、ちょっと予測していないことであった。

ひとつは、靖国神社参拝をエスケープしたため、ひとつはストームによる、寮の器物損傷によって。後者のストーム事件に関しては、問題は集団行動の共同責任であり、『校史』にも触れられているが、エスケープ事件は初耳であった。

当時の東京では、学校における軍事教練が日々、強化されると同時に、小、中、高の生徒たちが、神社参拝を団体で行う行事もまた増えていた。

東京高校でも、自治的な校友会は解散させられて学校直属の機関となり、〝自治的精神の涵養〟の代りに〝団体生活の訓練〟が強調され出していた。

昭和十五年には、リベラルな態度をもち、七年制高校擁護のリーダーでもあった近沢校長は、国家主義的な藤原校長と交替する。

かつて生徒たちの左傾化に悩んだ学校は、改めて右傾化の生徒たちの出現を目撃しなければならなくなっていた。寮歌の歌詞にも、〝昭和維新の白だすき〟と歌われるような時勢であった。したがって、寮や文芸部のなかにあって、吉田満の周辺に漂う雰囲気は、きわめて非時局的であり、かつそれは学校全体を蔽う雰囲気のなかで例外的なものだったのである。それは無言の抵抗であったといってよい。

そうしたなかで靖国神社参拝を団体として強制されることは、どこかやり切れない気分を押えることができなかったのであろう。

数人で敢行したというエスケープは、たちまち露見して数週間の停学処分にあった。それは一般的にみれば、どうということのないサボタージュである。しかし、あの思慮深い満少年のなかに、そうした反抗的行為に踏み切らせるものがあったことは、証言として貴重なものを含んでいる。むしろ、それは吉田満の生涯を追う立場からいえば、一種の救いに近い出来事だといえるのである。

第二のストーム事件であるが、昭和十五年春、一般寮生が退寮したあと、委員たちだけによって、寮の食堂、建物などを破壊したことであり、そのなかに吉田満も含まれていた。それまでも、ストームは何回かあったことで、いずれも譴責処分ですんでいた。しかし、このときはすでに藤原校長時代であった。

吉田満自身、これについては後年、次のように書いている。

――それは戦争というものの持つあの重い潮のような力に抗して、東高生らしく可憐に発散した一つの衝動であった――少くとも首謀者にはそうとしか思えなかった――のだが、学校当局がそれへの一片の共感の仕草もなく、見事な処断を下したことは、その後のどんな体験にも劣らず、戦中派としての私の姿勢を形成するのに役立ったといえる。

あの時期に、あのような幼いポーズでしか訴えの構えを示せなかったことの意味、そして、その甘えが何の容しゃもなく切り捨てられた衝撃の深さを本当に知るのは、ずっとあとになってのことだが、われわれはその時ほとんど無意識に、自分で自分の道を歩かねばならぬ戦中派の宿命のようなものに思い当ったというべきであろう(『東高史』p・167)。

時代と大人たちへの不信、父親の愛情のなかですこやかに育った吉田満もまた、ここで鉄壁のように自我をさえぎる壁につき当ったのである。

第四章　束の間の青春

志垣日記

東高時代の吉田満の姿をもう少し追ってみよう。彼は寮生活のなかでも、一際、目立った秀才であり、身近な者たちに強烈な感化を与える存在であった。その落着いて思索的・冥想的な風姿は、兄貴のような信頼感をもたせるものであったし、時としてみせる演出能力もまた彼の魅力を倍加させるものであった。のち、海軍、日銀と長く職場を共にした石原卓氏は、東高時代、剣道部に所属し、クラスも異にした別の型の秀才であったが、その石原氏も、東高時代から吉田満を、一目おく秀才として意識していた。

感受性豊かな青春時代、お互いに顔の見える範囲、名前を認識できる範囲の共同生活のなかで、秀でた能力を目のあたりにすることは、なににも替えがたい貴重な経験である。

その能力は、読書であれ、美術・音楽であれ、スポーツであれ、統率能力であれ、演出能力であれ、演技能力であれ、何でもよいのだ。ある場合、喧嘩の能力であってもよい。周囲は、あるときは〝固唾《かたず》を呑んで〞その能力を注視する。仲間たちは、あるときはそれを模倣し、あるときは反撥しつつ、無意識のうちに同化してゆくのである。

幸いなことに、当時、もっとも身近にあった志垣民郎氏が日記をつけており、その日記の抜粋を借用することができた。志垣民郎という友人に投影した吉田満をスケッチしてみよう。

同じ文甲である二人は、一年生の後半、昭和十四（一九三九）年十一月十八日から二十一日まで、秋川道場（東高の所有する錬成場か）に三泊四日、合宿し、石止め崖整備という作業をしながら、訓話を聞き、炊事や掃除を行うといった共同生活を経験している。そのとき寝台が隣り合せだったことから、急速に親しくなったようである。

日記はその合宿のあと、吉田満という存在をしばしば登場させることになる――。

十二月一日（金）

吉田という男は対談のうまい男だ。興味のある話を多く知っている。ムーランの話、ムーラン哲学、暇なとき人を尾行してみる楽しさ、女学校の寮の話。

十二月三日（日）

午前中、吉田満と話して過す。彼の父のMさんへの書。飽かせぬ男、遊んでいる男、それでいて勉強はできるのだ。日記を見せてもらった。何と筆まめなことよ。

A man from Archangel を全部訳して書こうなんて……。
十二月五日（火）
吉田満来りて八時より十二時まで話す。Y談多し。
十二月九日（土）
大成寮各委員選挙、吉田満図書部委員に吉谷と当選。
十二月十二日（火）
吉田満は誰にでも接近する。人物の如何を問わず、傑物にも凡者にも快く交際する。一体彼は偉人なのか、単なる頭の良い凡人なのか。彼が劣等児とかくもよく交る所以は何ぞ。
十二月三十一日（日）
秋川の宿舎で同じ三階の隣の寝台に寝て話し合ってから急に親しくなった。彼は全く頭がよくてあまり勉強せずに出来る。話が上手で彼と話していると少しも飽きず時はすぐ過ぎてしまう。彼は私が持ち出したSのこと、純ちゃんの下級生の話に興味を持ち、また私と純ちゃんの関係を気にしている。彼とは英語会その他のことを一緒にやる文甲の友であり、頭脳の友である。
昭和十五年二月十五日
二次会は吉田、中島、金原、鷲山、伊藤、今井と七人で「一平」に行く。計十三円余を殆ど吉田に払わせて出る。
「一体俺はどこが悪いんだ。オイ志垣、オイ文甲の張り切り男！　君は張切らんがために張切っているそうだね」。俺はこの一言を直接吉田の口から聞いただけで此宵の飲み会の価値を認める。
二月十七日
滝沢と話す。吉田は今苦しんでいる。自分の生活の中心となるべきものがない。無闇に授業をサボって考えているのだ。
二月二十一日
午後四時、吉田、鷲山、伊藤と渋谷の伊藤家へ。豪奢な構え。夕食は寮の食事とはオヨソかけ離れたものであった。レコードを大いに聞く。十二時門限にようやく間に合う。
二月二十六日
吉田と昼休み碁。放課後駄弁《だべ》りの後、将棋をやり、夕食後風に吹かれて中野まで散歩。睦子さん（従姉）の家に二人で寄る。
三月二日
猛烈な勢いで彼が迫ってくる。俺も何とか答えねばなるまい。しかし返すべき何物をも持たぬ程我は貧弱なのだ。唯彼の頭脳と明敏さに驚嘆の声を発しているのみだ。

少年期から青年期にかけての男の交わりというもののニュアンスがよく出ている記録である。この日記を通して映る吉田満は、誰とでも気さくにつき合い、なにごとにも興味を抱き、余裕がありながら、いや余裕があるだけに、生活の中心をどこに置いたらよいのか無為と空虚を抱いて模索的である。

女性やセックスに関する関心はその年頃として当然のことでむしろ開放的な態度は健康的といえよう。

そうした吉田満という存在が「猛烈な勢いで迫ってくる」と志垣が感じたのは、いかにも実感に溢れた表現である。志垣自身は行動的で寮の総代にも立候補する政治性もあるタイプだが、吉田満のような聡明な読書家を眼前にすると、自分の無内容さを思い知らされて一種の圧迫感を覚えている様子がよく出ている。

しかし、その圧迫感は単に〝聡明な読書家〟ということからきていたのではない。この日記にもチラチラ女性の影が現れているが、後年の回想で「吉田は恋愛の名人であった」と志垣氏が語っているように、吉田満は高校時代から多くの女性と交際していて、交際した女性はいずれも吉田満に魅了されてしまったらしい。

「たとえば、俺の従妹を紹介するだろう。すると俺の知らない間に、写真の交換なんかしているんだよ」

志垣氏は若干いまいましそうにそう語った。さもありなん、友人同士、そうした煮え湯を呑まされる光景は古来、かなり普遍的な光景なのだ。

もう一つ、志垣氏の側からいえば、常に念頭を離れなかった劣等感がある。それは吉田満が裕福でいつも金に不自由していなかったことである。地味な教育者の家に育った志垣氏にはそんな余裕はなかった。

「こちらがポケットに五十銭しかないときに、十円札を持っているんだからかなわんよ」

吉田満は、好きな書物を買い、友人や異性との交際に金の不自由はなかったのである。これまた青春時代、それぞれ自らの家庭環境を否応なく比較させられて、敏感な青春期に傷つきやすい問題なのである。

久里浜日記

こうした吉田満の青春にとって、やがてきわめて象徴的な出来事がおこる。息苦しい戦時下に残された小さな日溜りではあったが、吉田満の生涯の原型となるような理想主義的であるが、甘美で楽しい思い出として刻印される体験である。

戦前の東京では、上流階級だけでなく中産階級でも別荘を、軽井沢、箱根、湘南海岸、千葉海岸などに持ち、夏は一家をあげて避暑に出かける習慣がかなり普及していた。別荘を持たない場合でも、夏の間、一定期間、旅館や民家を借りて過ごす例も多かった。吉田家の場合、久里浜に別荘を持っていて、そこに出かけたわけだが、成人した子供たちは親と別行動で自由に出かけたらしい。当時の久里浜は海水浴場としてあまり開けておらず、地元の漁村があるだけで、別荘もわずかに点在するといった状態だったようである。

その吉田家の別荘の近くに、安井、水野、清水、八木といった家の別荘があり、いずれも年ごろの子女がいて、それが自然の仲間を形成していったのであろう。

安井家とは、安井曾太郎の家であり、水野家はその親戚筋に当っていた。安井家には、慶一郎、水野家には三郎、正夫という兄弟、清水家には姉妹と毅、八木家には陽一郎といった息子や娘の集団である。

しかし、そうした仲間もよきリーダーを得なければ、単なる遊び仲間に終ったであろうが、水野三郎という青年がなかなかグループ・リーダーとしての資質があり、それに吉田満という演出家が加われば、面白くならないわけがない。

昭和十六年夏、彼らは夏の久里浜の陽光の下で、朝の体操、海水浴、共同炊事、夕べの語らい、を共にしながら、それぞれの肢体、行動、会話、仕草を身近に見つめ合い、それぞれの性格や能力や魅力を確認し合うことになる。

敏感な感受性が響き合い、開放的な水平線が空想を誘い、夏の星空はいやがうえにも青年たちをロマンティックにしたことであろう。

誰の提唱であったか、彼らは語らって、それぞれが自由な日記を交替でつけていったのである。「久里浜日記」の誕生である。大人の眼で眺めれば稚拙なものだが、それぞれの心情を記録することで、久里浜生活はながく仲間の間で貴重な思い出として保存された。そして、ガリ版刷りを堅い表紙で製本した形で、それは戦災を越えて今日に残ったのである。

「東京人は、夏を迎えると、海をめざし、涼を求めて、湘南の海へ、集った。久里浜は、今でこそ便利になったが、その当時は、便も悪く、余り、人に知られてはいなかった海水浴場だった。遠浅で、海も静か、砂浜も、広く、一寸した、穴場だった。

そこに、我々仲間の、それぞれの夏の生活の場があった。昭和十五年の夏、ふとしたきっかけで、知り合った。家ぐるみの付合い、そして、友が友を呼び、人が人を誘い、やがて、今にして、忘れ得ぬ、本当の、久里浜の生活が、始まった。

『僕は、人に「久里浜久里浜」と言うので、人が「久里浜って何だい」と聞く。すると僕は、胸をふくらませて「僕等の理想境さ」と答える。何にも知らない連中は、「遊び場だろう」と言う。僕は、そこで、少し力を入れて「愛の道場さ」と言う。そして、「だから、理想境なんだ」と答える。』

私の兄であり、久里浜生活の、リーダー格だった、三郎は、こう書いている。昭和十六年の夏、皆で、作り上げた「久里浜日記」を、精根こめて、文集にまとめあげ、我々に、宝物として残してくれた彼は、昭和十九年、南方で散っていった。

よりよい人になりたい。

人々を、幸福にしたい。

そう、願っていた、彼。

満さんとのふれ合いも、ここから始まる。

『僕たちは、あとの十一ヶ月というものを、久里浜の整理として、又準備として生活するようなものだ。この、一ヶ月の素晴しい生活を終えて、おそらく、自分を浄くなったとも、高くなったとも、鋭くなったとも、いうことは出来ないであろう。しかし、自分が、いけない所に満ちながらも、仲々、いい所もあり、案外、ものになるかもしれないと、ふと、思わずにはいられない。久里浜は、僕の、此の上もない天国だ』

満さんは、久里浜を、愛していた。そして『この上もない天国だ』といっている」（水野正夫『追憶』「久里浜の別れ」より）

「昭和十六年の夏の久里浜日記の第一頁は、サブちゃんの筆で書き出された。

七月三十日　　サブロ

あえぎ転びつ歩み来った夏からの一年を、再び夏を迎える時、僕はもうすっかり元気で、新年の出発以上の元気と希望で胸を一杯に張って、今年の夏をスタートする。その姿は勇しいより美しい……

すでに来ていた満さん、陽子ちゃん、それから満さんの友達の志垣君、それから例年のていちゃん、日出ちゃんの五人は、心からの笑顔を以て、僕の入来を迎えてくれた……

この後、十四人のメンバーが、順々にこの日記を綴り続けた。この仲間こそ、私の青春であり、私の人間はここから始まった、と思っている。満さんとても、私と同じであろう。サブちゃんと同じ気持で、胸を脹らして、夏休をまちかねて、久里浜に乗込んで来たのだろう。

この仲間のリーダーのサブちゃんは、

善い人間になりたい
善い仕事を残したい
人々を幸福にしたい　サブロ

と、一月十日の彼自身の日記の頁を残して、出征し、帰らぬ人となった。

しかし、サブちゃんは、最後の久里浜の夏、彼の言う『遊ぶ道場』の記録を、全員で綴った日記として、私達に残してくれた。手許に残った、百頁ほどのガリ版刷の日記を読み返す毎に、私は、あの静かな、美しい浜で、友を得た喜びが蘇り、愛の世界に舞戻っている。

満さんは、私達の父同士が、富山中学の同級生であったので、初めての出会いは、二人共小学校五年の夏に遡るが、父を離れての満さんは例の日記の前半、久里浜の仲間が出来た年からである。それも、私と吉田満さんの関係でなく、私と、久里浜の仲間の満さん、という関係で、私達はこの仲間にパラダイスをみながら、青春を出発した。(略)

私たちの想い出の日記の最後は、奇しくも、満さんの受持だった。

八月二十九日

波と星と笑顔に彩られた、月余の久里浜生活も、終焉の歩調を早める。朝の体操も、正夫君、てい子さん、日出ちゃん、ツキ子さん、文枝ちゃん、それに僕の六人となった。消えゆく灯の淋しさとは、こうしたものをいうのであろう。

既にここを去った人々は、色々な意味で汚れた都会の生活を送っていることだろう。陽ちゃんはもう上野を発ったかもしれない。慶ちゃんも迫る血戦に武者震いしていることだろう。三ちゃんは相変らず天を仰ぎ地を踏みしめるポーズで武蔵野にうそぶいていることだろう。毅ちゃんは宿題完成の合間に、プラネタリウムに行く暇を見付けたかな。

久里浜最後の日になるかもしれないのに、今日という日は何とのどかに過ぎてゆくのだろう。三人の心の儘に織り出す語り草に時は遠慮なく流れて行く。

ていちゃん、日出ちゃんも今日はいつにもまして美しく、愛らしく、素敵である。この陶酔の一瞬が再びめぐってくるとも思えない。今日の一日が珠玉の様な思い出となって、僕に囁きかけることだろう。苦痛とは極めて長い瞬間であると、フィルドは言っている。そうすれば歓喜とは極めて短い瞬間であるのかも知れない。若しそうだとすれば瞬間は永遠なり、ということばは真理である。瞬間を捉えて全的に生きる。それこそ最も美しい生活だ」（八木陽一郎『追憶』「この上もない天国」より）

久里浜生活の仲間であった二人が、四十年の歳月ののちに、こうした鮮明な記憶を語っていることは、それがいかに甘美で貴重な体験であったかを証言するものであろう。

明らかにそれは裕福な〝ブルジョア〟中産階級の子弟だけに可能な舞台であった。その点で、その仲間に参加した志垣民郎氏でさえ、自分との生活環境の差に、心の襞に微妙な動揺もあったことであろう。

その上、昭和十六年夏といえば、第三次近衛内閣のころである。アメリカは在米日本資産を凍結し、対日石油輸出を禁止、日本は南部仏印に進駐、日米交渉の打開はほとんど絶望状態であった。

戦争の足音を予感する日本国家は、〝高度国防国家〟を目指し、国家総動員法によって、国民精神までも総動員して総力戦体制に狂奔していたのである。

そうした時期に、久里浜を舞台に、十四歳から二十歳までの子女たちが描いた白樺風の夢想は、あまりに時代ばなれがしていたといえないことはない。

しかしまた戦時体制の進行の最中にも、こうした空間も残されていたということは、この時代に青春を過ごす若者にとって、わずかながらも慰めだったともいえよう。

吉田満自体、武者小路への親近性を早くから表明していた。久里浜の〈愛の道場〉において、水野三郎というリーダーが、

善い人間になりたい
善い仕事を残したい
人々を幸福にしたい

と無垢の魂に呼びかけたとき、もっともそのメッセージを理解し、共鳴音を発したのは満さんだったはずである。

無垢の少年と少女たちが、身近な解放された共同生活をして、その生活に品位あるアッピール

山や海に向うとき、少年や少女は夢想家となり、冥想家となる。

をもち、彼らを祝福する交響曲のように響いてきたとしても無理はない。都会生活をはなれて、

があるとき、彼らの魂は昂揚し、星空も波音も、すべての自然が、すべての事象が一つ一つ意味

ここで、「久里浜日記」に現れている吉田満の文章について紹介し、鑑賞しておきたい。吉田満は東高時代、図書委員・文芸部員として活躍し、「泥だらけの手」というエッセイを寮誌に発表したといわれるが、その現物がいまのところ見つからない。したがって東高時代の吉田満の発想・論理・表現を探る上で、貴重な手がかりとなるからである。

「久里浜日記」の文章の多くは、無邪気な生活日誌であり、綴り方にすぎないが、さすがに高校三年の吉田満は、格段に成熟し、大人びている。現存する「久里浜日記」は四十四年の歳月を経て、インクの濃淡もはげしく、判読しにくいものだが、推測をまじえて再現してみよう。

「久里浜日記」の頁をあけると、冒頭には、仲間の十四人を漫画風にスケッチした絵が挿入されている。つづいて、

「夏の光のさすもとに
あなたも君も寄って来て
夢の一時過します
思い出多き久里浜の

思い出のこす文とめて
波の叫びを　吹く風を
愛の眼で眺めませう」
という呼びかけがあり、さらに、
「みんなの好きな日記を書く
筆のまにまに書く
いくら書いても構はない
なにを書いても構はない
みんなの好きな日記を書く」
と、仲間に気楽な気分をおこさせようという配慮だろう。水野三郎という、三年後に南方に散った薄命の青年の、どこか必死の想いが感じられてくる。こうした小さな作品を結晶させたことも、彼の無意識の予感であったかもしれない。

八月某日

……しかし人とはどうしてこの様に脆く造られたものなのであらう。いや、それは、この僕ばかりであるかも知れない。あの頃以来峻厳なもの、学的なもの、理性的なもの、さうしたものに傾ける僕のエスプリは尽きてしまったのだ。どれだけ前のかわからない古ぼけた顔つきを恥かしげもなくさらす、それが毎日の生活とは。

誰が自棄になどなるものか。なればその瞬間に、この体は消えてしまふがいい。

鐘の音に咽《むせ》んで跪く修道僧のざんげ、それが今年の久里浜生活を貫く僕の指針であった筈だ。

そして昨日の僕は。今日の僕は。明日の僕は。それは許されていいことだらうか。一体ざんげとは何か。罪をざんげするとは何なのか。その罪とは何か。罪は何に対しての罪か。

ざんげは一つの偽善でなくて何であらう。

トルストイも、ルソーもいやアウグスティヌスでさへ、衒気と偽悪とをざんげより遠ざけることは出来なかったではないか。ざんげは結局一つの規範ではなからうか。

しかし何があらうと僕のこのざんげの気持に変りはない。時折訪れる神聖なエクスタシイ。

ああ、報いられざるざんげ。人間の悲哀とはこのやうなものを云ふのであらうか。

ざんげとは、衣を脱ぎ更へることではない。それならば何か。弱き者の悲鳴か。

〈吉田満がこのころから、どこか宗教的世界に反撥しつつ親近感を抱いていたことは注目しておいてよい〉

午後、二度目の遊泳をやる。水泳は最も快適なスポーツの一つだ。全身の伸び切った駆使。

パラソルの蔭の中に微笑する人々を眺めるのは、夏の魅力の一つである。そこでは多くの人が変貌する。彼は一そう無邪気になり、彼女は立ち所に可愛くなり……そして会話は夢と夢の間をさ迷ふのである。極く自然な笑顔が眩く明るい。かげろふの様な幸福である。

笑ってゐる。心でも笑ってゐるのだらうか。澄ましてゐる。心も平静なのだらうか。黙ってゐる。心も佇んでゐるのだらうか。ストレイシープ。それが人間の当り前ぢゃないんですか、夏目先生。

或る哲学者が敢へて唱へるやうに、人間は理性ばかりのものでなく、前理性的超理性的な人間学が成り立つ余地があるとする説は大いに傾聴する価値がある。賛成賛成。

眸とは、そして眸の閃きとは何と神秘なものであらう。この様にしっかりと心を捉へ合った人達も、この様に疎く感ずることが多いのに、それを結ぶものは眸のひらめき以上の何物があらう。愛情の動物である人、その最後の根城は眸だ。甘美なる創造。眸のない世界、何たる寂寞。（略）

ストレイシープ、漱石は露骨な解剖学者だ。残酷。

〈白樺派の甘く無垢な夢想に魅かれている青年は、漱石の世界が、父親のように煙ったかったのではないか〉

（略）彼は言った。「僕は先ず大人になりたい。それからどっしりした人間になりたい。そして幸福な家庭を持ちたい。」

僕は心で呟いた。「人間らしい人間、それが僕の唯一の目標だ。」

吉田満の感受性と発想法を知るためには、この程度の紹介で足りるだろう。いささか感傷的な青年の甘い囁きを文章としてつき合うことは読者も筆者も苦痛を伴う。

それよりも、「久里浜日記」の全体を、丹念に眺めてゆくと、満青年はほのかな恋愛体験を進行させていたのではないか、という想像が湧いてくる。

久里浜の仲間は十四人、男八名、女六名の構成であるが、そのなかに、日出ちゃんという女性がでてくる。どうもこの日出ちゃんとの関係が、うっすらと浮かんでくるのである。

彼ら十四名は、朝は一緒にラジオ体操をやり、朝のうち、それぞれに勉強をして、太陽が照りつけるころ、海水浴にゆく。そして夜は、ピンポンをしたり、散歩に出かけたり、横須賀の街に映画を見にいったり、その帰りに食堂に入ったり、時として多少のアルコールを入れたり、といった生活なのだが、そうした日常のなかに、小さなドラマがいくつか生じている。

日出ちゃんという女の子は、「利口さうな瞳みを鋭く誰かれに注いで可憐な声で笑ふ」「長いマツ毛に魅力の瞳、ブルーの服を身軽につけて健康そのもの」といった子であった。

某日、海水浴の帰り、知り合いの人に呼ばれて、男たちはビールを呑み、少年と女たちは氷を食べて帰路につく。「帰り道に日出ちゃんがまた転んで膝をついた。止め度もなく流れる涙を見逃しはしない。恥しがるのを強引におぶった。重いやうで軽かった」。

某日、「今日の海はとてもなまぬるい。満さん日出ちゃん二人は白旗の二倍の先まで行ったらしく時々頭が〈ポッンポッン〉と出たり入ったりした。皆は心配さうだった」。

某日、(横須賀銀座をノシ歩き、映画を観て、テンプラとすしを食っての帰り)「八幡に来た時は八時過ぎ、暗くなった道をテクテク歩くうちに日出ちゃんの姿が見えない。〈おい、日出ちゃん〉と声を掛けると、後ろの暗闇の中から〈待って〉と声がする。〈どうしたんだ〉と声を掛けるうちに満さんが近づいて行く。ていちゃんが行く。日出ちゃんは気持が悪くなったとの事。そこでていちゃんと満さんとがあとに残って四人だけで暗い中を帰る」。

記述はこの程度のことなのだが、なんとなくその場の情景が浮かんでくる。若いころに誰しもがそうした経験の一つか二つはもっていることだろう。

やがて戦地へ赴く青年たちにとって、こうした真夏の夜の夢が開いた時間を所有していたことを確認しておくことは無駄ではない。「久里浜日記」は夏の日記を次のように締めくくっている。

「あゝ終ったぞ　この夏も
　いつもながらの　この気持
うれしく淋しく名残りおし
波のさわぎがまだ見える
磯の甘香がまだ通ふ
あゝ終ったぞ　この夏も

いつもながらの、この気持」

しかし、リーダーの水野三郎にとっては、もはや次を期待できない夏であった。彼は二十一年間のあらゆる生活が「終った」と感じたのであった。人生の第一幕が終ったのである。しかし、彼は自ら「傲慢にも」第二幕の始まりを信じようとした。しかし、その第二幕はこの青年にはなかったのである。

「久里浜日記」は、夏の日記のあとに、数人があとがきを寄せている。水野三郎氏のものは、いまから眺めると死への予感が感じられて痛々しい。これに反して、高校生の吉田満にはまだ猶予があった。彼は「友に友に」と題して、一種の恋愛論を展開している。

人生を実り多い荊の道にたとへるならば、恋愛は荊にからむ若い野花の蕾であり、結婚はその真紅の花びらであるといふ事ができよう。恋愛も結婚もたしかに人生のすべてではない。それは実に、つねに理想を求めてやまぬ一つの魂の、異性の中に自己を見出さんとするはげしい欲求の端的な表現であるといふ事ができる。従ってそれは、どこまでも厳粛なものであり、その緊張に充ち充ちたものでなければならない。二つの魂の相触れる時、そこには彼らのみに訴へる崇高なエクスタシイが生れるであらう。或いはそれは快楽と呼ばれる底のものであるかもしれない。しかし苟しくも恋をみづから生きた者にとって、快楽を追はんがための恋などといふ言葉は無意味である。人間はどんな奴も初めから正しくない生き方をしようなどと云ふ奴はゐる筈がない。まして一度でも本当のものに触れた人間は余程の卑怯者でない限り、その本当のものにしがみつかうとするのは当然である。

恋する者への、快楽を追ふなとの忠告は多くの場合無用な老婆心である。当為と快楽とは現実に於てそれ程遊離するものでは断じてない。たとへ我々が甘美な快楽に惹かれたとしても、それが受くべき快楽であるか否か、正しい欲求の結果としての快楽であるか否かを判断する直観は与へられてゐる。そしてその直観が与へられてゐる限り、我々の犯し得る罪悪は、感情への惑溺以外の何ものでもない。とにかく恋をみづからに生きずして恋を云々するものは憐れむべきものである。生とは、理論でも知識でもなく躍動する現実である。花から花へ蜜を運ぶことは蜂にとって生活そのものである。そして彼等は、その香りと彩りと甘さを味はふ力をあの醜さの中に秘めてゐるにちがひない。

恋を打ち明ける者は、その心に結婚の確固たる意志が存在しなくてはならないと、畏師は説いてゐる。如何にその恋がはげしくとも、一体とならんとする意志のない限り、愛情の表示は抑制しなければならないと説いてゐる。すべての恋愛はそのまま結婚に至るのではない。宗教的意志を以て、この二人こそ自分の共に生き得る最高の人であると自らに命じた時、そこに結婚が成立すると結論する。師の体系の当然の帰結であらう。

しかし何か近づき難い堅固さを感ぜずにはゐられない。自分の力の及ぶ限りに、よりよき途のあることを知りながら、低地に徘徊する者はたしかに卑怯である。生の厳粛を貫かんがためには、他のすべてを擲って悔いないのが真の勇気といふものであらう。しかし何ものをも焼き尽くさずにはおかぬ恋の炎に揺られつつ、しかも冷き理性のメスをみづからの胸に差しこまねばならぬ時、それは悲劇でなくて何であらうか。

花びらを唇にするためには、荊も厭はず荊の上に我が身を投げ出さねばならぬ。それとも美しい花の、散って黄ばんだ花びらを拾ふことが賢いと主張されるのであらうか。

恋する者よ、ただひたすらに愛の心に生き給へ。みづからの胸に、打ちふるふ琴線を抱く時、何ものかの囁きが君を導くことであらう。恋に祝福された者、それは人生に祝福されたものである。しかし恋にやぶれた者、それもまた人生に祝福されたものである。君の胸にひし〳〵と響くもの、それこそ君の求めるものでなければならぬ。かりそめの迷ひは追ひ払へ。かたくなな想ひは打ち壊せ。そして本当の自分がそこに踊り出るのだ。

その時、聖い愛が君の胸を訪れる。

彼らが束の間の青春を刻んだ久里浜には、ペリー来航の記念碑があった。仲間たちは、ペリーに集ろう、記念碑に集ろう、が合言葉だったという。

それからわずか数カ月、黒船の国、ペリーの国との間に戦端が開かれ、あらゆる男も女も、青春も呑みこんでしまう運命が定められていた。それは歴史の必然であったが、無心な彼らの誰しも予想しなかったことであろう。

第五章　光栄と汚辱

その朝

昭和十六（一九四一）年十二月八日早朝（七時）、ラジオ放送は番組を中断して、次のように伝えた。

——大本営陸海軍部発表　帝国陸海軍は今八日未明西太平洋において米英軍と戦闘状態に入れり。

アナウンサーの声も緊張しており、この短い発表は何度も繰り返された。その放送を聴いた者たちも、一瞬、事態の重大さに粛然としたにちがいない。

やがて午前十一時四十五分、宣戦の詔書が発せられ、八日夕刊（九日付）には、第一面のトップ記事として、〈宣戦の大詔渙発さる〉として、詔書の全文が掲載された。

「天佑ヲ保有シ万世一系ノ皇祚ヲ践《ふ》メル大日本帝国天皇ハ昭ニ忠誠勇武ナル汝有衆ニ示ス」

に始まる詔書の文章は、その後もさまざまなメディアを通して伝達された。終戦の詔勅のように、天皇の肉声ではなかったが、朗読による粛然たる響きは、当時、小学生であった筆者の耳底に、いまも断片的に残っている。なかでも、

「今ヤ不幸ニシテ米英両国ト釁端《きんたん》ヲ開クニ至ル洵《まこと》ニ已ムヲ得サルモノアリ豈《あに》朕カ志ナラムヤ」

という個所が印象的であった。「豈朕カ志ナラムヤ」という言葉は折りに触れて甦り、中学生の間などで、戯れに使われたこともあった。

詔書は、「東亜ノ安定ヲ確保シ以テ世界ノ平和ニ寄与スル」こと、「列国トノ交誼ヲ篤クシ万邦共栄ノ楽ヲ偕ニスルハ之亦帝国カ常ニ国交ノ要義ト為ス所」だったことを強調しながら、しかるに「中華民国政府曩《さき》ニ帝国ノ真意ヲ解セス濫ニ事ヲ構ヘテ東亜ノ平和ヲ攪乱シ遂ニ帝国ヲシテ干戈ヲ執ルニ至ラシメ茲ニ四年有余ヲ経タリ」と、日華事変をもっぱら中国側の攪乱によると見做し、「米英両国ハ残存政権ヲ支援シテ東亜ノ禍乱ヲ助長シ平和ノ美名ニ匿レテ東洋制覇ノ非望ヲ逞ウセムトス」と捉えている。

さらにその米英両国は、妨害だけでなく、日本の存立を圧迫してきているのである。

「剰《あまつさ》ヘ与国ヲ誘ヒ帝国ノ周辺ニ於テ武備ヲ増強シテ我ニ挑戦シ更ニ帝国ノ平和的通商ニ有ラユル妨害ヲ与ヘ遂ニ経済断交ヲ敢テシ帝国ノ生存ニ重大ナル脅威ヲ加フ」

それに対して、我が国は隠忍自重、耐えられるだけ耐えてきたのである。

「朕ハ政府ヲシテ事態ヲ平和ノ裡ニ回復セシメムトシ隠忍久シキニ弥《わた》リタルモ彼ハ毫《ごう》モ交譲ノ精

神ナク徒《いたず》ラニ時局ノ解決ヲ遷延セシメテ此ノ間却ッテ益〻経済上軍事上ノ脅威ヲ増大シ以テ我ヲ屈従セシメムトス」

もはやこのままでは帝国日本の積年の努力は水泡に帰するほかはない。

「斯ノ如クニシテ推移セムカ東亜安定ニ関スル帝国積年ノ努力ハ悉《ことごと》ク水泡ニ帰シ帝国ノ存立亦正ニ危殆ニ瀕セリ」

いまや決然として戦うほかはないのだ。

「事既ニ此ニ至ル帝国ハ今ヤ自存自衛ノ為蹶然起ッテ一切ノ障礙ヲ破砕スルノ外ナキナリ」

「皇祖皇宗ノ神霊上ニ在リ」、「朕ハ汝有衆ノ忠誠勇武ニ信倚シ」、「東亜永遠ノ平和ヲ確立シ以テ帝国ノ光栄ヲ保全セムコトヲ期ス」ことに踏み切ったのであった。

いま、丹念にこの詔書を精読してみると、帝国日本の国家の論理、帝国日本の建前は、この詔書のなかに出尽くしているようにみえる。

詔書の掲載されている『朝日新聞』の夕刊には、その左横に社説が掲載されている。当時の世論の典型がどのような見方をしていたかの例証として、全文を紹介してみよう。

題して「帝国の対米英宣戦」。

「宣戦の大詔こゝに渙発され、一億国民の向ふところは儼として定まったのである。わが陸海の精鋭はすでに勇躍して起ち、太平洋は一瞬にして相貌を変へたのである。

帝国は、日米和協の道を探求すべく、最後まで条理を尽して米国の反省を求めたにも拘らず、米国は常に誤れる原則論を堅守して、わが公正なる主張に耳をそむけ、却て、わが陸海軍の支那よりの全面的撤兵、南京政府の否認、日独伊三国条約の破棄といふが如き、全く現実に適用し得べくもない諸条項を強要するのみならず、英、蘭、重慶等一聯の衛星国家を駆って、対日包囲攻勢の戦備を強化し、かくてわが平和達成への願望は、遂に水泡に帰したのである。すなはち、帝国不動の国策たる支那事変の完遂と東亜共栄圏確立の大業は、もはや米国を主軸とする一聯の反日敵性勢力を、東亜の全域から駆逐するにあらざれば、到底その達成を望み得ざる最後の段階に到達し、東條首相の言の如く『もし帝国にして彼等の強要に屈従せんか、帝国の権威を失墜し、支那事変の完遂を期し得ざるのみならず、遂には帝国の存立をも危殆に陥らしむる結果となる』が如き重大なる事態に到達したのである。

事こゝに到つて、帝国の自存を全うするため、こゝに決然として起たざるを得ず、一億を打つて一丸とした総力を挙げて、勝利のための戦ひを戦ひ抜かねばならないのである。

いま宣戦の大詔を拝し、恐懼感激に堪へざるとともに、粛然として満身の血のふるへるを禁じ得ないのである。一億同胞、戦線に立つものも、銃後を守るものも、一身一命を捧げて決死報国の大義に殉じ、もつて宸襟を安んじ奉るとともに、光輝ある歴史の前に恥ぢることなきを期せねばならないのである。

敵は豊富なる物資を擁し、しかも依つてもつて立つところの理念は不逞なる世界制覇の恣意である。従つて、これを撃砕して帝国の自存を確立し、東亜の新秩序を建設するためには、戦争は如何に長期に亙らうとも、国民はあらゆる困苦に堪へてこの『天の試煉』を突破し、こゝに揺ぐところなき東亜恒久の礎石を打ち樹てねばならぬのである。

宣戦とともに、早くも刻々として捷報を聞く。まことに快心の極みである。御稜威のもと、尽忠報国の鉄の信念をもつて戦ふとき、天佑は常に皇国を守るのである。

いまや皇国の降替を決するの秋《とき》、一億国民が一切を国家の難に捧ぐべき日は来たのである」

もはや、反軍・反戦の言論は完全に封じられていた。そうした思想の持ち主に、公的な発言の場所はなかった。しかしまた、昭和史の行程を共に歩み、その時々に軍部の横暴を批判した人々も、対米英への宣戦布告という事態に直面して、多くはこうした発想と論理でこの事態に対さざるを得なかった。この朝日新聞論説委員の文章もまた、腹にもないことを言ったとは思えないのである。

国民の反応

こうした受け止め方は、単にジャーナリストに止まらなかった。多くの詩人・作家・思想家もまた、同様の反応を示したのである。

高村光太郎や斎藤茂吉、三好達治といった詩人、武者小路実篤、志賀直哉、長与善郎（もっとも知性的な存在だったにも拘らず）といった特に白樺派の作家たち、保田與重郎、亀井勝一郎といった特に日本浪曼派の批評家たち、そして京都学派と呼ばれた高山《こうやま》岩男など、新進気鋭の哲学者たち、あるいは吉川英治、菊池寛など、国民的人気をもった大衆作家たち、いずれも昂奮と感激の念をさまざまな形で表明したのであった。

それはなにも保守的な層に止まらない。元左翼であった人々、三木清や青野季吉も例外ではなく、戦後活躍した竹内好までが同様だったのである。

こうした滔々たる大勢の前に、懐疑や批判や反対表明などは封ぜられていたから、そうした人々は沈黙を守るしかなかった。そして沈黙を守った人々はごく少数だったのである。

多くの人々は、満洲事変以降、とくに日華事変の拡大してゆく間、なんとも割り切れない憂欝な気分を抱いて生活していた。

第一に満洲事変も日華事変も、事変であって宣戦布告した戦争ではなかった。戦闘は果てしなく拡大し、泥沼化して解決の見通しはなかった。戦争目的がはっきりしなかったのである。

第二には、当時の日本人の間には、広い範囲で中国人に対する侮蔑意識があり、それは軍人だけでなく、大陸に出ていった日本人の多くを支配する行動様式であった。その上で、五族協和や東亜新秩序、大東亜共栄圏を称えていたのであるから、歴史を正視する者はその矛盾に悩んだであろうし、そうでない者も無意識のうちに矛盾を感じていたはずである。

大東亜戦争の勃発は、そうしたモヤモヤした気分を一掃した。戦争目的ははっきりした。欧米帝国主義の駆逐は、明治維新以来の日本民族の本来の願いであり、またアジア人全体の悲願であったはずである。日本人は、帝国日本自体が何を為してきたかを忘れて、若き日の情熱に回帰したのである。

とくに日本のあらゆる階層とあらゆる分野において、指導的位置についていたのは、明治生れの人々であり、日清・日露の戦争をおぼろ気ながら実感として記憶している人々であった。彼らは明治人として若き日の記憶を甦らせたのであった。

英国を中心とした植民地支配、アングロサクソンの世界支配に、偽善的平和主義を感じとっていたのは、必ずしも、左翼・右翼の人々に限らなかった。

しからば、日本人は、あるいは十二月八日に昂奮と感激を覚えた人々は、この戦争に勝てると思っていたのだろうか。

狂信的な人々は別として、多くの人々は勝てるとは思えなかったろう。しかし、勝敗は別として、戦うという国家的決断が、人々を昂奮させたのである。それは民族の存立、隆替に関わる賭けであり、万が一、敗けるにしても、ここまで追いつめられた以上、何らかの決断が必要であり、戦う行為に賭けたのであった。だから、日本人は〝粛然〟としたのである。その決断に男らしさを感じたからこそ、人々は、〝晴れやかな気分〟になったのである。後世、大東亜戦争に突入した日本の指導層に対して、あらゆる罵声と批判が浴びせられた。しかし、当時の日本人の心理が、なぜ〝晴れやか〟になったか説明がつかない。

勝敗は別として、潔く戦うことを決意し、決断することは、古来、男の美徳だったのである。

もちろん、昭和に入っての軍人の横暴は、多くの反軍的感情を拡げていた。開戦に踏み切った東條英機首相の人気も、終始それほど高くはなかった。かつて日華事変当初、内外の行きづまった状況打開を期待されて登場した近衛文麿と比較して問題にならなかった。しかし、反軍であることは、そのまま反戦にはならなかった。むしろ、それは内輪の事情であり、民族の命運を左右する大戦に突入したとき、日本民族としての共同性が、〝運命共同体〟が、強く意識に甦ったのであった。

そして、こうした〝粛然〟とし、〝昂奮し感動した〟気分は、緒戦における日本陸海軍の戦果によって倍加されてしまった。

ハワイ・マレー沖海戦、マレー進攻作戦、香港占領、中南部太平洋諸島攻略、シンガポール陥落、マニラ入城……。それらの戦闘はまさに〝皇軍〟の〝神速果敢〟な偉力を国民に示威するのに十分であった。

懐疑派

けれども、こうした大勢のなかでも、戦争に反対だった者、批判的・懐疑的だった者が皆無だったわけではない。むしろ、こうした人々も社会の各層に点在していた。今日ではそれも明瞭であるが、発言を公的には封じられて潜行してしまったのである。

第一は、日本の重臣層とそれにつながる人々の中にあった。昭和十五年亡くなった西園寺公望がそうであったし、二・二六事件で〝君側の奸〟として狙われた牧野伸顕がそうであった。牧野伸顕の女婿であった吉田茂も、外務官僚というより、こうした重臣の系譜と考えた方がよいかもしれない。

第二は、それと重なるが、幣原喜重郎、吉田茂など、いわゆる英米派に属する外交官の系譜。

第三は、新興コンツェルンといわれた鮎川、久原といった人々以外の、旧財閥系の指導者たち、池田成彬や岩崎久弥など。

第四は、言論界における石橋湛山、清沢洌、嶋中雄作といった自由派、河合栄治郎、矢内原忠雄、といった思想家。

これらの人々は、ニュアンスは異なるが、いずれも、英国、アメリカ体験をもち、その実力と発想をよく知っていたことが共通している。

第五は、なんらかの平和主義、社会主義の洗礼を受け、戦争そのものを否定するか、帝国主義間の闘争として、日本帝国主義の敗北を予見した人々。

第六は、永井荷風や谷崎潤一郎のように、本来、近代文明に背を向けて、あるいはエロスの世界に人間の真実を求めて生きてきた人々。

などが、その諸類型であろう。

けれども、そうした明白な代表的存在以外に、とくに都会を中心に、戦争に懐疑的な青年・学生、またサラリーマンなどが潜在していたことも事実なのである。

それは、個人や家庭、都会での平凡な市民生活を享受してきた人々であり、むしろ私生活を尊重する厭戦的な者が多かったであろう。そして、そうした気分の延長で、この戦争はまちがっているのではないか、という懐疑を抱きつづけた人々もいたのである。まちがっていると判断した根拠は、共産主義者から石原莞爾までさまざまであったろうが、彼らは孤立しながら、沈黙をつづけたのであった。

一般的な類型論では実感が湧かない。私が当時通っていた都立五中の例を語ろう。

勤労動員で、もはや部活動も閑散としてしまっていた昭和十九年ころ、それでも柔道部の先輩である五年生が、われわれ後輩に稽古をつけに来てくれた。その先輩は稽古が終ったあとの雑談のなかで、「本当は一高の文科を受けたいのだけれど、徴兵で引張られるから静高の理科を受けるつもり」であることを、ボソボソと語り、同時に石原莞爾の『世界最終戦争論』を示して読むことを勧め、

「石原莞爾によれば、東條さんの始めたこの戦争はまちがっていることになるんだよ」

と、多少の自己正当化を含めてか、暗然とした表情で語った。

また五中を卒業した演劇好きの先輩がいた。近所の青年子女を集めて、小学校の同窓会で芝居をやることにして友人の自宅に集まったとき、稽古が終り、女性たちが帰ったあと、突然、語り

出した。

「この戦争はまちがっていると思うんだ。しかし、その戦争に参加して死ななければならない。その矛盾に長い間、苦しんだけれど、批判は批判として、国民の義務としてゆく。それでいいんだと思うようになった」

周囲の同意を求めるように語った言葉に、誰しも無言で答えは返ってこなかった。

こうした小さなエピソードは、いつまでも記憶にあるもので、いまも私にはその場の情景が、はっきり浮かんでくる。


吉田満がどのように十二月八日を迎え、どのような気持を抱いたか、具体的な記録は残っていない。

しかし、冥想的で思索的であった東高三年生の吉田満が、この事態に粛然としても、多くの昂奮に唱和しなかったことであろうことは想像に難くない。彼は自らの生に懸命であり、ある少女を愛し、その恋愛に真剣であろうとしていた。

日華事変のころ、行動派で、どちらかといえば、時局に敏感に反応していた親友・志垣民郎を牽制していたのは吉田満であった。彼らが東高を卒業する卒業式の日は、ちょうどシンガポール陥落が告げられた日（昭和十七年二月十五日）であった。志垣民郎は卒業生総代として、答辞を読むことになっていた。その朝、「おい、シンガポール陥落なんていうなよ」、顔を合せた吉田満は志垣に向って釘を刺したという。

この小さなエピソードは、無限の想像を掻き立てるひと、、、とこまである。それは青年吉田満のみごとな潔癖感であったというべきだろう。シンガポール陥落などで浮かれてはいけない。この戦争の前途は深刻だ、といった戦争そのものへの批評的意味も含まれていたのであろう。

しかし、このひとことには、そのころの高校生の真摯なまでの精神的貴族主義の匂いが感じられる。つまらない目先の現象に捉われず、もっと大切なことを考え、語るべきだ。時流に流されず、人間と世界の根本を考えるべきだ。こうした知的虚栄心ともいえる姿勢は、知的トレーニングとして基礎的に大切なことである。今日、学生たちに失われてしまったものは、まさにこうした虚勢といってもよい頑固な精神であるように思う。

東高生吉田満は、多くの大人たちよりも、冷静かつ慎重であり、明察に満ちていたといえよう。

帝国日本の命運

当時、大東亜戦争と名付けられ、今日、一般に太平洋戦争と呼ばれているこの戦争、広くは第二次世界大戦の一環を構成しているこの戦争は、なぜ起ったのであろうか。

吉田満の個人史をはなれることになるが、吉田満とその世代、戦中派と呼ばれる人々を呑みこんでしまったこの大戦そのものについてここで考えておきたい。ある時代、ある歴史に遭遇することは、人間個人、あるいは世代の意志を越えた出来事である。個人や世代にとっては運命と呼ぶべき性格の事柄である。

人間が自らのアイデンティティーを欲し、自らの体験に固執することは、自らの生を誠実に生きるために必要なことである。われわれは自らの体験に始まり、体験に戻らなければならない。しかし、今日流行の個人史、自分史のみに固執することは、人間と世界についての、広い、公正な視野を失う怖れもある。本来、学問や歴史を学ぶ意味は、私的経験を越える英知を学ぶためにあるのではないか。他人の経験、父祖の経験を自らのものとする。それが語り継がれることが学習であろう。そして経験を集約・帰納し、また演繹してゆくところに、知性が存在し、理論が生れ、思想や哲学や科学が誕生するはずである。

この拙文が、〝吉田満とその時代〟の鎮魂を目的とする限り、個人には抗《あらが》い難い時代の意味を問わなければならない。

十二月八日付の『朝日新聞』の社説にもあるように、日米交渉の土壇場でアメリカ側から突きつけられた三項目、①支那本土からの全面撤退、②南京政府の否認、③日独伊三国同盟の破棄、という要求は、当時の日本当局には到底、呑めない要求であったろう。日華事変の四年間に、日本が採ってきた基本政策に関わるからである。

当時の陸海軍の発言権からいって、この要求を容れることは日本国内の分裂を来したかもしれない。陸海軍のみならず、枢軸派の外交官、新体制を積極的に進めた革新官僚、あるいは新聞世論を考えても、自由派は影をひそめ、日本社会の中枢で発言権や影響力を行使する力はもはやなかった。

東條英機が首相に就任した昭和十六年十月の時点で、もはや選択の余地はほとんど残されていなかった。東條首相の戦争責任は、その意味では、それほど大きいとはいえない。他の誰が首相に就任しても、ほとんど同様の決断しかできなかったろう。東條英機という存在は、有能な陸軍官僚であって、政治家に必要な器をもっていなかったのが実相であろう。むしろ彼は誰にも解決困難な問題を押しつけられた犠牲羊《スケープ・ゴート》であった。

問題は、アメリカ側の三項目も示すように自制力を失って、中国本土にどんどんと戦争を拡大していった軍部とそれに引きずられ、抑制することのできなかった政治指導層にある。しかも、本来交渉相手である蔣介石政権を、「対手にせず」といった意味不明の声明を発し、相手国を侮蔑した政治指導層にある。

また、英・米・ソと対抗する日独伊同盟を推進した日本の外交戦略にある。それは「英米本位の平和主義を排す」を若いころから唱えていた近衛文麿が、松岡洋右を外相に起用し、松岡外相が積極的に推進したコースである。松岡の構想は、それによって日本の交渉能力を高め、英米から譲歩を引き出すことにあったようだが、こうした大きな構想は、自らの側にしっかりした主体的基盤がなければならず、また英米側の発想・行動様式を見誤ったといわなければなるまい。また、日独伊三国同盟自体、日本の思惑を越えて、ヒトラーのドイツは自らの論理で行動したのであって、日本の思惑で世界が動くと判断したことが、あまりに自己を過信した発想といわねばならなかったろう。

その意味で、日米関係の最終段階での政治責任は、近衛文麿、松岡洋右の二人がもっとも重い、というのが筆者の偽らざる結論的感想である。

けれども、一歩遡れば、こうした状況に日本が追いこまれた原因は、満洲事変・満洲建国によって、世界の国際世論から孤立してしまったことである。その満洲事変を惹き起したのは関東軍、とくにその参謀・石原莞爾であり、第二次世界大戦の根因をつくった一人としてこの軍事的天才の責任は（自らも認めているように）大きい。

石原莞爾の構想は、満洲を完全な衛星国とすることで、自らを自制し、〝世界最終戦〟たる日米決戦に備えることであった。アメリカ側の要求も、蔣政権側も、当時にあっては、〝支那全土からの撤退〟に満洲は含まれておらず、満洲における日本の既得権益を認めていたのであるから、もしそうした構想と自制が実現していれば、国際関係も相対的安定をある時期、獲得したかもしれない。

けれども、石原莞爾自身、関東軍の一参謀にすぎず、やがて主流からはずされてしまう。また、日華事変を拡大し、工作する日本陸軍の後輩に対して石原が諫止したとき、「あなたが満洲でやったことをわれわれはやっているのです」という返事がかえってきて、石原は二の句がつげなかったという。

まさに、日本の軍部は、昭和に入って、下剋上の風潮が瀰漫し、中枢のコントロールが利かなくなっていたのである。

けれども、こうした昭和国家日本の〝無責任の体系〟は、昭和に始まったことではなく、近代日本の歴史そのものに求められなければなるまい。

明治維新以降、日露戦争の勝利までの四十年の過程は、日本人が欧米の植民地化の危険を排し、独立した近代国家として、安定した国際的地位を築いてゆく過程であり、日本はアジアでは例外的にその課題の解決に成功したのであった。

その明治国家は、欽定憲法の下、立憲君主制の建前は、微妙なバランスの上に機能していた。その実質は薩長藩閥政権であったが、それだけに、指導層の間に人間的な信頼感が生きており、また藩閥政権は、若い優秀な人材をどんどん採用していった。

だから日露戦争に際して、政府、軍部、外交が、水も洩らさぬ協力ぶりで、ポーツマス条約の講和をかちとることができたのであった。

また非藩閥系の人々も、自らの誇りにおいて、実業に、言論に、学問に打ちこむことで独立自尊の市民社会を形成していったのであった。藩閥政府に対する批判と協力において、藩閥勢力を越える近代国家という理念を共有することができたからである。

しかし、日露戦争の勝利という、目的達成は同時に目標の喪失でもあった。日露戦争から太平洋戦争の敗北までの四十年間は、一歩一歩、破局への歩みを歩んだといえる。

その決定的な構造変化は、日韓併合と満洲における南満洲鉄道を中心とした権益の獲得であった。日清戦争で獲得した台湾と併せて日本は植民地をもつ帝国日本に変身したのであった。

こうした素地をつくったのは、脱亜の理論である。早く、明治十八年の段階で、開明派の首領である福沢諭吉が、

「我国は隣国の開明を待ちて共に亜細亜を興すの猶予あるべからず、むしろその伍を脱して西洋の文明国と進退を共にし、その支那朝鮮に接するの法も、隣国なるが故にとて特別の会釈に及ばず、正に西洋人が之に接するの風にしたがって処分すべきのみ」

と断言したのであった。

明治日本の典型的言論人であったもう一人の徳富蘇峰もまた、初期の平民主義を脱して膨脹主義に転じていった。

当時の中国を支配していた清朝、朝鮮を支配していた李朝の旧態依然たる行動様式に、日本人はしびれを切らしたのである。欧米の脅威に対抗するためには、日本と同様、近代国家に衣替えしなければならない。しかし、その可能性はない、と映じたのであった。

したがって、今日、中国や朝鮮の人々から非難される対象は、なにも昭和の軍人だけではない。アジアに絶望して植民地をもつ帝国としての歩みを始めた、日本国家、日本社会の全体である。

不幸なことに、当時の世界は、国際間にそれだけの道義観念が発達しておらず、ハーバート・スペンサー流の社会進化論に基く、帝国主義肯定論が支配的だったのである。

そして、満洲における特殊権益、完全な領有でない局部的権益が、つねに中国人のナショナリズムを刺激し、権益を不安定なものとした。本来、不自然な植民地経営を、巧妙な英国人ではなく、同じアジア人である日本人が稚拙に、傲慢に行なったのであるから、問題は拡大してゆく。第一次世界大戦下の、対支二十一ヵ条要求を経て、満洲事変に至る過程は、まさに満洲に権益を所有したこと自体に発しているのである。

一方、国内的にみれば、日露戦争の勝利は日本人を重い国家目標から解放し、個人主義、人道主義、自由主義といった西欧思潮に眼を開かせ、大正デモクラシーとして、市民社会を成熟させてゆくが、この過程は、国家経営の眼で眺めると、国家を構成するさまざまな機関が、次第にバラバラになり、統一意志を形成してゆくのを困難にしてゆく過程であった。

その最大のものは軍部の主張する統帥権問題であったろう。そのために、日本の外交が軍部と外務省の二元外交と嘆かせるようになったのは、きわめて早い時期からである。

明治国家と欽定憲法は、天皇の権威に依拠しながら、藩閥、元老によるきわめてパーソナルな調整に依存していた。元老という存在が退場してゆくにつれ、その自動調節作用が失われ、代って実質権力を握った政党は、枢密院、貴族院、官僚、軍部といった、政党外の勢力によって制約され、しかも政党政治のシンボルである原敬内閣は、わずか三年の寿命（大正七〜十年）しかなかったのである。

ロシア革命の影響があったとはいえ、大正末から昭和初頭、日本の知識人・学生・労働者の急進左翼化も、また国家主義的発想による急進右翼化によるテロリズムの頻発も、どちらも、明治に形成された国家と社会のシステムに対する反抗・反逆と考えられる。それほど、システムが硬直化し、青年たちにとって抑圧機能として映じたのである。

かくして、昭和の日本人は、内外にきわめて困難な課題を背負って歩みはじめなければならなかった。そして、その間にいくつかの選択肢はあったであろう。

大正十（一九二一）年から十一年にかけ、第一次世界大戦の結果を踏まえて開かれたワシントン会議は、日本では五・五・三の比率（英・米・日の主力戦艦保有率）だけが強調されたが、他方で、西太平洋における日本の覇権を認めるものであった。全権加藤友三郎は、その意味を熟知していたが、海軍の現場は満足しなかった。

昭和六年、満洲事変がおこったとき、日本人の多くは、満蒙の開拓に新しい希望を見出した。それは、日本国内が昭和恐慌によって労働問題、農村問題が深刻になり、政党・財閥の支配層にその解決能力がなかったからである。しかし、そうした社会問題を、社会問題として解決すべきだったのである。

こうした〝もし〟という仮定は、近代日本史のさまざまな段階で立てられる。しかし、その選択肢は、一歩、一歩、狭められていったのであり、日華事変をおこした昭和十年代には、極端に狭められていた。近衛文麿とその周辺が構想した新体制運動は、最後の国家体制建直しの試みであったかもしれない。

また東亜新秩序、大東亜共栄圏も、その意図において、明治維新の本来に回帰した、日本人本来の使命の自覚であったかもしれない。しかし、根本において、昭和の日本には、その資格も能力もなかったのである。それは帝国日本の構造的命運というべきであろう。

アメリカの最後通牒を突きつけられて、「東亜安定ニ関スル帝国積年ノ努力ハ悉ク水泡ニ帰シ帝国ノ存立亦正ニ危殆ニ瀕セリ」と語った詔書の言葉は、案外、帝国日本の本音であろう。そして徳富蘇峰が関与したといわれるこの詔勅は、帝国日本の興亡の全過程に参与したこの老歴史家の本音でもあったろう。

この大戦に参加することを強いられた戦中派は、まさに帝国日本の〝積年の努力〟の終末に立ち合い、その〝栄光と汚辱〟の帰結を全身で体験する宿命にあったのである。

第六章　書簡のなかの自画像

徴兵猶予停止まで

吉田満たちの大学時代はせわしない。高校時代が曲りなりにも三年間の豊かな時間を経過したのに対して、大東亜戦争に突入してからの大学時代は、国民総動員が加速度的にその範囲を拡げ、次々と学制改革の法令が発令・施行されていったからである。

すでに大東亜戦争開始前、昭和十六（一九四一）年十月十六日、勅令により、大学・専門学校・実業学校などの修業年限を臨時に短縮している。昭和十六年度は三カ月短縮、さらに十一月一日には、追い打ちをかけるように昭和十七年度は、予科・高校を加えて六カ月の短縮を決定しているのである。いわゆる繰り上げ卒業である。

昭和十八年一月二十一日、同じく勅令により、予科・高校の修業年限は二年に短縮されることになる。そして、昭和十八年十月十二日、いよいよ徴兵猶予が停止される。同日の閣議は〈教育ニ関スル戦時非常措置方策〉を決定（理工科系統および教員養成諸学校学生の他は徴兵猶予を停止、義務教育八年制を無期延期、高等学校文科を三分の一減、理科を増員、文科系大学の理科系への転換、勤労動員を年間三分の一実施といった広範な内容を含んでいる）。

この勤労動員の方も、昭和十九年には、年間四カ月継続実施（一月十八日）、そしてまもなく通年実施（三月七日）と逼迫してゆくのである。

吉田満は昭和十七年四月に東大法学部法律学科に入り、翌十八年十二月に学徒出陣で学窓を離れる。その間、一年八カ月の大学生活である。一年八カ月しかなかったともいえるが、一年八カ月の猶予はあったのである。

『追憶吉田満』には、この大学時代に触れた文章はないが、偶〻志垣民郎氏のご努力で、法律学科で一緒に過ごされたという、三ケ月章氏（東大名誉教授・現弁護士）、和田良一氏（弁護士・労働法関係）という存在を、最近になって探り当てることができ、お話を伺うと同時に、新しい吉田満の書簡をも入手することができた。そうした新証言を含めて、もう少し、戦時下の大学生活、一段と成熟した大学生吉田満の姿を追ってみよう。

当時の東大法学部は入学者定員六百名、そのうち、四百八十名が政治学科であり、法律学科は百二十名に過ぎなかったという。戦時体制の進行により、官庁でも圧倒的に行政職が優位になり、保守的性格をもつ法律学科志望が少なかったことがわかる。これは平和な時代とは逆な現象であり、平和が回復すると法律学科の優位が回復してゆく。

訴訟法を含めて煩瑣な専門知識を詰めこまなければならない法律学科を志望することを、怠惰な連中は大抵回避する。吉田満が敢えて法律学科を志望したことは、法律という具体的な社会規範を学ぶこと、そして確実な専門知識を身につけることを目指したのであろう。こうした選択は、吉田満の人生の一面において、常に現われる価値選択である。

しかし、吉田満が法律学科を志望したことは、偶然のことながら、新しい仲間、友人を獲得させることになる。本来、法学部は数百名という大量入学であるから、大学に入ってから新しい友人を得るという事例は滅多にない。法学部の内実を索莫たる味気ないものとしているのは、このためもあろう。けれども吉田満たちの期は、わずかに百二十名であり、また戦時下で、胸には名札をつけ、教練という団体訓練の時間があった。教練では習志野まで出かけての演習も含まれていた。そこでの合宿などは急速に相互の親しみを増したであろう。

とくに三ケ月、吉田、和田などは、アイウエオ順での順番が近く自然に並ぶ順序も近かったせいであろう。三ケ月氏の場合は教練で中隊長役を命ぜられたために公務が多く、個人的接触は限られたが、和田氏の場合は相互に急速に接近し、戦中・戦後、頻繁な手紙のやりとりを重ね、また相互に私宅を訪れるという仲まで進んだのである。

三ケ月氏も和田氏も一高出身であったが、吉田満の都会秀才風の風貌は一際目立ったであろうし、吉田満の方も東高時代の友人とは肌合いの違うタイプの学生に、新鮮な興味を抱いたことであろう。

「いや、吉田君は遠視の眼鏡をかけていましてね。その眼鏡のせいで眼が大きく見えるんですよ。いかにも都会風の美貌の持ち主でしたね」

四ッ谷駅近くの弁護士事務所をお尋ねすると和田弁護士はなつかしむように語りながら、紙袋にきちんと整理された吉田満からの手紙とはがきの束を取り出してくれた。手紙三通、はがき二十八通、家を焼かれなかった和田氏は、きちんとそれを保管されていたのである。

「どうもいま読み返すといささか精神的恋愛の感がありますね。これと同数の手紙とはがきをこちらも出していたわけですから」

初老の紳士はいささか面映そうに苦笑した——。

高校時代の友人への書簡、大学時代の和田良一氏への書簡を辿りながら、吉田満の心象風景の一端を覗いてみよう。

非常時のなかの正常さ

日華事変以後、日本の政界、産業界は年々戦時体制を強めてゆき、消費生活は不自由になっていった。それは昭和十五年ごろを境にして、はっきりと眼にみえる形で進行していった（筆者などは『少年倶楽部』が昭和十五年にガクンと薄くなったことが印象に残っている）。昭和十五年には、東京で外米六割混の米が配給され、食堂・料理屋での米食が禁止、砂糖・マッチが統制され、ダンスホールが閉鎖された。

昭和十六年には米穀配給通帳制・外食券制が実施されている。翌十七年には衣料もまた点数切符制になった。

こうした市民生活、消費生活の締めつけはきびしくなる一方であったが、そうしたなかでも、市民の私生活が零になったかといえば嘘になる。戦時下の制約のなかで、市民生活も文化活動も、大東亜戦争開始以降の昭和十七年、十八年の段階でも継続的に営まれていたのである。

モーツァルトの歌劇「フィガロの結婚」が日比谷公会堂で上演されたのは、昭和十六年十二月三、四日のことであった（指揮ローゼンストック、中山悌一、伊藤武雄ほか、新響231回定期演奏会）。

アメリカ映画支社は閉鎖されたが、小津安二郎の「戸田家の兄妹」フランク・キャプラの「スミス氏都へ行く」（米）がヒットしたのも昭和十六年のことである。

また労働組合は次々に解散させられ、雑誌の統廃合も進められてゆくが、それでもこの年、公刊された書物のなかには、時流を越えた古典的名著が含まれている。

三木　清『人生論ノート』
九鬼周造『文芸論』
石川　淳『森鷗外』
岩下壮一『信仰の遺産』『中世哲学思想史研究』
下村寅太郎『科学史の哲学』

時枝誠記『国語学原論』
ケインズ・塩野谷九十九訳『雇傭・利子および貨幣の一般理論』
昭和十七年に入ると、さすがに知識人も動員されて、有名な『世界史的立場と日本』や『近代の超克』といったシンポジウムが開かれているが、しかし、若くして逝った中島敦の清冽な作品「山月記」「光と風と夢」「李陵」などが『文學界』に発表されていったのは、この年なのである(同年三十四歳没)。
中野重治『斎藤茂吉ノオト』
南原　繁『国家と宗教』
も同年である。
昭和十八年に入っても、
武田泰淳『司馬遷』
唐木順三『鷗外の精神』
坂口安吾『日本文化私観』
出　隆『ギリシャの哲学と政治』
小島祐馬『古代支那研究』
などが公刊されている。いささか羅列的であるが、日本人の戦時下の営みが、こうした部分で醒めており、むしろ、頭上にのしかかる圧力のなかで、知的営為が凝縮していった面のあることを強調しておきたい。

黒澤明「姿三四郎」、稲垣浩「無法松の一生」といったリリシズムの横溢した作品が生れたのもこの年である。

こうした非常時のなかでの正常な営みを強調したのは、吉田満の心象風景と生活もまた、意外なくらいに平穏な推移をみせているからである。

昭和十五年（日付不明）
民郎宛（略）
僕といふ男を剪《ママ》じ詰めて見ると、人一倍虚栄の強い、幾分美徳的な（然も盲目的な）浮遊性の（生ぬるい）そして直感的に鈍ではない、悩《ママ》が残るだらう。
自分を次第〱に見究めて行くにつれて、悲観しか感じ得ないのは淋しい。然も僕は、自分を知るにつれて益々希望を持つことが幸福であることも、悲観と希望とが背中合はせであることも、よく知つてゐる。だから愈々苦しい。偽悪に陥るなと原は励ます。偽悪よりも偽善の方がまだましだ、とその度に言ふ。然し僕は自分自身を欺くことは、偽善よりも偽悪よりも低いことだと思ふと、さういふ気にもなれない。
僕の悲観には、楽しみがある。それは「到底僕は駄目な人間だ。救ひ難き男だ」といふ悲観ではないからだ。「今までの自分は何と悪い人間だつたらう」といふ自責に似た、悔恨に似た悲観なのだ。僕の悲観は自己慰安に陥ることを最も恐れる。自己に少しでも満足を感じたら、それでもうお終ひだ。だから僕の悲観は希望の代用品だ。

実際僕は、取柄のない人間だつた。皆がどうしてこんな不実な男と一人前につき合つてくれたのか不思議でならない。こんな気まぐれな、生ぬるい、弱々しい性質からどうして抜け切ることが出来ないのだらうか。君にも済まなかつた。まるで僕は友といふ友を皆弄んでゐるやうなものだ。然し少しづゝでも好くなつて行かうと思ふ。どうしてもなつて見せる。ほんとに済まなかつた。

少し話が暗くなりさうだ。全速力上昇。

黒田さん（叔母さんの家）といへば純子さんの家ぢやないか。きつと彼女を電話口へ出して見せる。（心配無用）

〈社交的でありながら内省的、自己分析を楽しんでいる風もある〉

昭和十七年

民郎宛

けふは中島と碁をやつた。とう〳〵黒にされた。敗軍の将兵を語らず。

もう箱根に行つたのか。僕も十五日から湯本へ行く予定だ。しづかな自然が楽しみだ。きのふは伊藤の家に行つた。蓄音機がすばらしかつた。あれでバッハのチェロを聴きたい。鷲山にも会つた。伊藤なか〳〵元気だ。いゝ。いつか一緒に伊藤の蓄音機ききに行かう。

僕も試験了つて何か中心を失つた不安な気持だ。きのふから「悪霊」読み出した。この休みは、沈んで沈んで沈んで見たい。十月からは本当にやりたい。これもたゞ自分にきかせる励みの声だけれども、弱い者にはそれも必要だ。（略）

うたのこと色々ありがたう。あんな風に書き送つて本当に恥かしい。（前便で自作の短歌を書き送ったこと）ひとによんでいたゞくことを考へるひまのない気持になれないうちは僕はうたを詠んではいけないんだ。しばらくはよまない。よめない。本当でないうたをよむのは罪悪だ。この急な変り方をどう思ふだらう。しかし君、これはいゝ。（民郎氏から送られた短歌を指すと思われる）よみたまへ。うちに喰ひ入るうたをよむんだ。リズム、そんなことどうでもいゝ。うたが生きてゐればそれがそのままリズムだ。生活のリズムだ。「バッハ」のうたはきらひだ。僕のバッハへの気持はあんなものぢやない。どうしてこの気持を澄み切つた一つのものに沈ませることが出来ないんだらう。やっぱりまことが足りないんだなあ。うんとうたをよんでうまくなれよ。しかしうまいとは表と裏が一つのことだ。技巧が目立たずしかも技巧のしつかりしたうただ。心がすべてを支配したうただ。

けふはこれから友だちのうちへ行く。もう止めなければならない。沈黙といふことは実にいゝことだ。いのちのこもつた沈黙こそ第一のものだ。新しい友、おめでたう。感謝しろ、みつめろ。黙れ。
陽子さん元気か。君のところへかく時に一緒に手紙かきたいんだが、いいかなあ。
では又　さよなら

満

民郎兄

（昭17・9・10）

民郎宛
昨日は仲々愉快だつた。皆さんによろしく。
今蓄音機こはれてゐるのだが、間もなく直る。きゝに来給へ。
九月二十二日のあのモーツァルトの鎮魂曲の音楽会は、山添を誘つたが、都合が悪くて（旅行する）駄目になつた。切符あるから君行かないか。返事たのむ。行くなら二十二日の日はうちへ来て、音楽きいて一しよに行かう。
二、三日前近所の中年の奥さんと夜おそくまで短歌のことを色々駄弁つた。その人は歌を狂的に愛する人で、自分の好きなうたを書きしるした手帳を玉手箱と称して秘蔵してゐる。その愛情には感心したが、小母さんの好みには反対してやつた。彼女の熱愛するうたを少しかくが、君も批判してくれ。
○吾子がこと思へば一人淋しうて

涙こぼるゝ五月雨の降る

彼女が愛児を失つた時、友だちが詠んでくれたさうだが、四句五句が一見素直なやうで実は技巧臭いのではないか。第一、他人の悲しみをうたにしようなどとは、よ程の自信があつてのことでなければなるまい。自分のことでさへ一途な気持になり難い。

○白鳥は淋しからずや海の青

空の青にも染まず漂ふ

それから、彼女の友人（男が）「花の心を誰知るまいが、泣いてつまれたこともある」と書いたら、もう一人の友が「涙かくしてつむ胸の奥の奥までのぞきたい」と答へたと言つて、やや、誇らしげに彼女は書いた。僕、不真面目なやうで口惜しかつたから、しばらく黙つてゐた。

「花なんてつんではいけない。このまゝにしておきたい。」と書いた。彼女笑つた。僕、黙つたまゝどんどん書いた。

つまれる花もつむ人も仲良くどうぞ美しく美しい花よ　美しく美しく美しく

〈どうも満さんは不良中年マダムに弄ばれている感じで、こうした大人の前ではウブな少年として振舞ってしまうところが面白い〉

ベートーヴェンのあの本の作品評は、自分で或るものをつかめるまでその作品をきいてから読むべきだ。

この間ふみ代君が来たが、ハイキング勿論行くさうだ。

面白さうだ。

では又　　さよなら

満

民郎兄

（昭17・9・11）

民郎宛

きのふから短歌はじめた。本に歌とは自分のものを素直に表現することだと書いてあつた。感激して沢山よんだ。その中から、素直によめたものだけ選んだ。感じたこと教へてくれたまへ。

我が心いつはりなき今日よりは
　まこと誓はむまこと守らむ

未だ我を信じたまへる君の声
　うれしき我れのなに報ゆべき

ひとすぢのまことのいのち我れ見たり

神の力はありがたきかな
バッハききぬ小《ち》さきを暗き我が部屋に
たかき光の充ちて溢れて
こんこんと我が泉なり君こそは
深き眸のその輝やきも
胸しづみかへり見すればふたとせの
痛き夢かなけふのいのちは
いつよりかあつき便りの絶えにけり
君いまさずやなつかしき君
今にして我は知りたりひたすらに
言葉忘れて貫かむ道

（昭17・9・12）

昭和十八年

〈昭和十七年に法学部に入った吉田満と和田良一は、昭和十八年になって書簡の往復を始める仲になっている〉

和田良一宛

今日話したことに就いて、なにかこのまゝではすまない気持なので、手紙を書き初めた。或ひ《ママ》は弁解のつもりなのかも知れぬ。

さう思つてくれたまへ。

はじめてあの家で逢つたとき、僕は既に醜い自分を見付けて腹立たしかつた。もう君は気付いてゐることと思ふが、僕はすべて自分を中心に持つてゆかうとするいけない傾きを持つてゐるのだ。自分をはなれてものを素直に眺めるといふ純粋さに本当に乏しいのだ。美しいひとを見るとき、直ぐに僕はそのひとを自分の傍らにある人として考へる。異性に対する僕のみにくい図々しさも一つはそこにあるのかも知れないのだ。それこそもつともみにくいことなのだ。自分の傍らに引き下ろして考へるとき、それは忽ち地上的な、慾望とつながつたものとなつてしまふのだ。それは美しさではない。美しさの冒瀆《ママ》だ。僕は君の、異性に対するいく分潔癖な、けがれない気持を本当に美しいと思ふ。さうした辱ぢらひの中に於いてこそ、たかい結び合ひがあるのだ。僕は今まで、いく人かの異性と接する機会を得た。それは自分さへ正しいならば、もちろん感謝すべきことだと思ふのだ。しかし僕は、たゞその幸運の中に、ただ自分をけがし人を傷付けることしかなかつた。近ごろ、僕は本当に、生れ更るほどに自分を正さなければならないと考へるのだ。僕はあの人の中に美しさを見た時、近づきたいといふ願ひを自分の心にきいた。僕は、なにがあつても、その気持は消さなければ、と思つた。美しいものを見ることはいゝことだとあの時言つたが、僕には未だ本当に美しいものを見ることがとても出来ない。その美しさを「たのしむ」のでなく、その美しさ「となる」気持になることがとても出来ないのだ。しかしさうした気持になれないかぎり、美しさと自分とを結び付けることは許されないのだ。さうした気持で美しいひとに対することは、その人に済まないのだ。美しい人は、正しい美しいその人の道をすゝまなければならない。美しい人の道はことに危いもののやうに思へる。然し、自分が本当にその人となり、その美しさとなる気持になれないうちは、その人に近付くことはどうしてもいけないことなのだ。或ひ《ママ》はその気持に達することの出来た人には、美しさに、天上的なものも地上的なものもないだらう。しかし僕は、天上的な美しさを自分の中に持たなければならない。すべてを地上的なものとしてしまふ自分のみにくさは自分の手で正さなければならない。天上的の美しさを持つことによつて、少しづゝ自分を正すことが出来ると思ふのだ。天上的の美しさが何であるかは、きつとインスピレーションによるのだらう。或ひ《ママ》は僕の本当に好きな顔なのかも知れない。それ等はみな、共通のあるひらめきを持つてゐるのだから。僕がかうして、天上的な美しさを持つことによつて自分を少しづゝ正してゆくとき、いつかは天上的なものも地上的なものもなくなるときが来るかも知れない。来ないかも知れない。しかし、僕にとつて今すべきことはこのこと以外にあり得ないやうに思へるのだ。そして自分の思ふたゞ一つの正しいことを為すこと以外に生活はないと思ふのだ。でも正直に、僕はあの人に近づきたいといふ願ひをすつかり打ち消してしまふことはとても出来ないのだ。まだまだ足りない。しかし僕は自分に言つてきかせる。若しあの人に近付ける運命に僕があるならば、そのときは心から感謝しなければならない、と。それはすべて運命なのだと。

僕の考へ方はすべてしつこ過ぎるのかも知れない。しかし僕は今、苦しい時にぶつかつてゐるのだ。これを切り抜けたならば。が、それまでは何があつてもそのことに執着してたゞ出来るだけのことをしなければならない。淡々と。それはたしかに立派だ。しかし出来ないものがその真似をすることは許されない。

美しいひとに正しい道が待つてゐるやうに祈らう。

乱筆ゆるしたまへ

満

（昭18・4・14）

良一兄

この手紙は、和田良一氏が一時下宿していた、世田谷区東玉川町一五八　福田貞三郎様方に出されている。ちなみに、吉田満の住所は、渋谷区衆楽町二十九番地である。

「私の下宿先はたまたま当時の武山海兵団の団長の家でしてね。その一族に一人、美しい娘さんがいて……」

と和田さんは往時をなつかしむように洩らされた。

書簡のなかで紹介した自作の歌に、二年の〝痛き夢〟という表現がある。久里浜で育てた日出ちゃんという少女との恋愛が、なんらかの事情で破れたのか。関係が間遠になったことを暗示しているのではなかろうか。

志垣民郎氏の従妹の陽子さんへの関心といい、福田邸の某令嬢への振舞いといい、美しく聡明な女性へ、敏感に反応する吉田満の内面が浮き彫りにされている。

そこには社交的でありながら、反面、内省力の強い青年の姿が現われている。相反する牽引力のジレンマに悩む美しき魂の告白でもある。とくに注目してよいのは、天上的なものと地上的なものという、二元的対立を強く意識していることである。

「当時の彼は、よく携帯用の茶器を持ち歩いていましたね」

和田氏はめずらしい証言をしてくれた。当時でもいまでも、携帯用の茶器とは、ずい分凝った趣味である。いささかキザであるともいえるが、満青年はたしかに都会の趣味人でもあったのであろう。

戦前の社会風俗としてはっきりいえることは、中産階級の子弟たちは、お互いに家庭を訪問し、その家族たちとの交流を通して、男女の交際も進行したことである。それに比べて戦後の男女関係は、住宅事情や核家族という存在形態、解放された雰囲気もあって、家族関係からはなれて、街の中を舞台にしている感がある。

〝僕は漠然と死を待っていた〟

大学生吉田満は、大東亜戦争の進行下でも、クラシック音楽に熱中して、レコードを聴き、音楽会に友人や女性を誘い、囲碁に熱中し、また時には仲間で麻雀に興じ、短歌を作り、創作を試み、友人の家庭に出かけ、時として旅行に出るといった非時局的な平和な生活を享受していた。

しかし、このことは戦争という巨大な歴史が意識になかったことを意味しない。その重圧がジワジワと生活を圧迫するほど、私生活の充実を求めたのであり、出来るかぎり、自らの生を豊かにしたいと必死だったのではないか。そして帝大法学部の学生は、その身分を保障された特権階級であり、また吉田家はその子弟の生活を豊かに保障していたのである。

もう一つ強調しなければならないことは、彼は遊び暮していたわけでも、大学の講義をサボっていたわけでもない。几帳面で優秀な法学部の学生であり、その課程を悠々とこなしながら、その余暇に羽を伸ばしていたのであるが、実質は法律の勉強は生活の一部であり、吉田満は全的人間として生きようとしていたのであり、そうした価値を求めての青春彷徨を継続していたのだといえよう。

当時の法学部には依然として錚々たる教授陣が健在であった。その点は平賀粛学で壊滅してしまった観のある経済学部とは事情が異なる。名物教授の末弘厳太《いずた》郎《ろう》（労働法）は人気の中心で、和田良一氏は末弘教授の影響と示唆を強く得ている。田中耕太郎（商法）や横田喜三郎（国際法）は当局から睨まれていたが、当時の堂々たる国際派であった。

「矢部貞治の政治学は序論だけで終ってしまってつまらないが、田中耕太郎の講義は面白い」と吉田満は感想を洩らしたという。矢部貞治氏は近衛文麿に接近し、新体制運動の理論的ブレーンとして活躍しており、今日『矢部貞治日記』は貴重な史料であるが、それだけに大学の講義は手薄になったのであろう。すぐれた学生の批評眼はおそろしい。

小野清一郎（刑法）は当時として右派に属したであろうが、独自の刑法理論を構築した実力者である。その他、気鋭の学者として、我妻栄（民法）、尾高朝雄（法哲学）がおり、政治学関係では、南原繁（政治思想史）、岡義武（政治史）が健在であった。

こうしたことを念頭に、もう少し書簡を追ってみよう。

和田良一宛

しばらく御無沙汰した。僕も亦健在。

少し近況を書かう。

先日の二十三日午前一時二十五分、男子出生。僕もとうとう細川昌平といふ甥を持つた。少し小さいが、ピチピチと元気よく、可愛いといふ評判だ。眼が大きく、額が広く、髪の毛が濃い。今のところ家の中は彼一人が独占してゐる。田舎から、ひおばあさんも上京した。

しばらくその繁忙から逃れる為め、僕は一人で上州の山の旅をやった。七月三十一日から七日間、四万から法師に出た。一人旅はやっぱりよかった。友だちも何人か得た。もちろん名も知らぬ人々だが、殊に僕のやうなものには、「自然」がどんなに大切であるかを切に感じた。たゞ感ずるだけではいけないと思ってゐる。

藤沢の家は、君とも約束したが、色々の事情で建築がおくれ、今月中にやうやく出来る程度らしい。残念だが、秋にでも少し落着いてから君を招ばう。もっとも秋は一ばんいゝのださうだ。早くあそこに住みたい。

この十四日から、会社の人（注・父の会社）と富士に登る。たゞ登りたいといふ理由だ。帰途時間の都合がよかったら君の所にお寄りするかも知れない。

今、実定法秩序論を読み返してゐる。面白いが、さいごに触れてくる厳しいものがないやうな気がする。碁はいよいよいゝものと思って来た。たゞあとは努力。碁は絶対に奨める。もちろんかりそめの気持でやってはならぬ。

仏教の本は勉強してゐない。しばらく沈んでから。

では又

（昭18・8・31）

〈尾高朝雄『実定法秩序論』（昭和十七年刊）は、同じ著者の画期的名著といわれる『国家構造論』（昭和十一年刊）の続篇として、当時、法学部の学生を中心に読まれたオーソドックスな力

篇である。吉田満はそれを読みこなして批評しているのである〉

当時の和田良一氏宛はがき三通

今日は大学に行って見たが、大した掲示もなかった。三ケ月に一寸逢った。月曜日の午後三時から教練があるが、勅諭を書かされるかも知れないといふ話をきいた。君はもう出れるのか。講義は、君は沢山受けるやうに言ってゐたが、僕はつゞかぬと思ふし、やりたいこともあるので最小限にする。法制史・労働法・国際私法の中一つをきかうかと思ふ程度。尾高さんは受けようと思ってゐる。君はツヴェックメーンツヒ（注・目的にかなった）にやるためにどこか近くに止宿すると（確定はしないが）きいたが、僕は反対に藤沢から通ふ予定だ。人口疎散の意味もあって。日伊協会の前途如何。

では又。

（昭18・9・11）

御葉書有難う。僕は少しも気を悪くしなかった。摩寿意氏の御健闘を祈る。例の創作は、完結させたいと思ふが、力に自信がないので進まない。すぐれた創作をよむと、あゝ力が欲しいと思ふ。僕は文才に乏しい。

十二日に奥多摩に行ったときのうたを書かう。もとより拙いものだが、比較的素直によめた。

背は裸かわれらは跣足《はだし》黒土の
　牛蒡畑はけさ雨上がり
空美《くわ》しやさしくきしむ籐椅子に
　寝そべりて飲む濃き甘きミルク
胸撓はめリュック背負ひしをとめたち
　別るるときに微笑みてゆきぬ
朽ち果てしみ蔵の前にみだれ敷く
　麦しろじろと淡き翳り日
洋梨の白く氷に浮かべるを
　口にあつればしみて痛きも

（昭18・9・19）

〈勅諭、リュックを背負ひしをとめ、といったところに戦時下の匂いが出ている。そしていよいよ、学徒出陣が目前に迫る〉

昨日奥多摩に錬成旅行をした。けふは夜行で帰郷する。たまたま入営の挨拶の旅行にもなつた。九月ごろかへる予定。

この二箇月、僕は次のことをして行きたい。あの創作の完結、仏教思想研究の熟読、キリストへの接近、このさいごのものに就いて僕は近頃非常に惹かれてゐる。僕のこれ迄の生活は全く真実でなかつたために、僕には仕事への希望といふものがなく、虚無的であつて、そのため、むしろ僕はほつとした気持だ。対人関係も一応解決した。少くともさう思へる。では又

（昭18・10・4）

〈学徒出陣の直前まで、創作を仕上げようとしていたこと、キリストへの関心を告白していることは注目していい〉

民郎宛

検査は十一月二日、三日と決つた。

海軍に志願することにした。遠視のため、航空にまはされるかも知れないが、どこに行つても同じだ。死ぬことについて家のことが困るが、僕はこのまゝかへつて来たくないと思つてゐる。自分でいけないと思ふが、今将来の仕事に希望を持つことが出来ない。これまで、すべてが偽りだつた僕はくやしいがいま虚無的にしかなれない。死ぬための本当の覚悟などではない。たゞ僕はいま迄漠然と死を待つてゐた。僕が今までどんなに偽りだけであつたかは僕以外の誰

も分つてはくれまい。しかしたゞ生き返るばかりだと言ふかも知れぬが、今の気持としてさう考へることは出来ない。死はもつとも低い安易な道であることは疑ひない。その為に死を求めることだけは避けなければならない。しかしもとより全く自信を失ふことはあり得ないが、自分を踏みにじるほどに憎むことはあり得る。偽りのために人に加へた罪をどうするのかと言ふかも知れぬ。だが、それを償ひ得るものはたゞ自分の真実があるばかりだ。自分の真実が死を求めるならば如何にすべきか。が、それは真実でないかも知れぬ。僕は自分が死から遠いことを知つてゐる。死の覚悟などもとよりないことをよく知つてゐる。これも又偽りなのか。たゞ自分の真実を求めるばかりだ。ひとの目、耳で生きることは正しくない。死にたいときは死ぬ他はない。なにも言ふまい。僕は偽りだつた。それならば何をすべきかではない。自分は真実何をしようと思ふか、これだ。そしてそれが死に向けられるのは正しくない。あらゆる場合に建設的なものは正しいからだ。しかし死を希ふならば。若し真実ならば死ぬだらう。それでいゝ。真実でなければ。

書けないから止める。たゞ、僕は自分がもつとも正しいところに立つてゐないことを知つてゐる。しかしそのこと（正しくならうと思ふこと）は正しいところに立つことと全く別なのだ。自分の真実を求めるばかりだ。

先日のパウロの本は啓蒙的だが良書ではないと思つた。今、キリスト教の根本に関する本をよんでゐる。君によませたい本が一冊ある。すべて出直さなければならない。神について余りに常識的だつたことがくやしい。

伊藤の家にたびたび行つてレコードをきく。ブラームスのヴァイオリン・コンチェルトは非常に好きになつた。少し音楽が分つて来た。シューマンもとても身近い。まだ遠いが好きになれる。偏見を捨てることだ。しかしワグナーは好きになれない。まだ偏見がある。自分が悪い。シューマン、ブラームスを君にきかせたい。

大ていゐる。碁を打ちに来たまへ。

では又

(昭18・10・17)

民郎兄

将来を閉ざされた世代の一人、吉田満は、「漠然と死を待って」いたのである。想いは千々に乱れ、〝虚無的〟になるのは自然であったろう。それを越えて一個の真実を求めるとき、それが〝死への実存〟として、瞬間、瞬間の充実を求め、信仰の世界に近づいていっていることも、多くの戦中派の逆説的真摯さであったといえるのである。

第七章　帝国海軍の最期

状況

さて海軍である。

吉田満たちは、昭和十八（一九四三）年十二月に学徒出陣によって武山海兵団に入団するわけであるが、この昭和十八年十二月という時点は、太平洋戦争のなかで、どのような段階にあったかを省みておく必要がある。

緒戦の華々しい戦果に、極度に緊張した国民が安堵し、陸海軍が誇らかであったのは、わずか半歳にしかすぎない。

昭和十七年五月には、日米機動部隊が珊瑚海で激突し、オーストラリア侵攻（あるいは米・豪の遮断）を狙った日本の作戦は頓挫し、六月にはミッドウェー侵攻作戦が、決定的な海戦の敗北によって挫折する。八月には米軍のソロモン群島への反撃がはじまり、三次にわたるソロモン海戦で、日本海軍は大消耗戦を強いられ、十二月末にガダルカナル島撤退が、大本営によって決定されている。

しかし、国民はミッドウェー海戦の敗北を知らず、ガダルカナル島退却（昭18・2・1）は転進という新造語によって報ぜられた。

昭和十八年四月には連合艦隊司令長官山本五十六がソロモン群島上空で戦死、五月にはアッツ島守備隊の玉砕が報ぜられた。こうしたことは否応ない事実であり、山本五十六の死は全国民に衝撃をあたえ、アッツ島の玉砕は、苛烈な戦局と非勢に立つ日本を実感させたのである。

しかし、さらに深刻であったのはヨーロッパ情勢である。

昭和十八年二月にはスターリングラード攻防戦がソ連の勝利に終り、ドイツ軍のロシア侵攻作戦の失敗、東部戦線の崩壊が明白となり、九月にはイタリアが無条件降伏をしている。枢軸体制は崩壊したのであり、日独伊三国同盟がいまや裏目に出たことは、日本人の誰にとっても明らかであった。

徴兵延期が停止され、学徒出陣で戦場に赴く吉田満たちに、戦局の前途は一点の希望的観測をも許さなかったであろう。彼らには絶対的な死と、それを前にしての虚無感をどう克服するかしか命題はなかった。

太平洋戦争における帝国海軍には、論ずべき問題は多い。戦後四十年の歳月のなかで、それはさまざまに語られ、論議されてきた。それに関与した提督たちのほとんどは亡くなり、それに参加した兵士たち、あるいは戦中派の学生たちも次第に社会から退場してゆく季節を迎えている。しかし、日本人が歴史に存続するかぎり、この話題は後世代によって繰り返し語られ論ぜられることを止めないであろう。

ここではその論議への深入りは止めよう。しかし、多くの先人たちによって論じられた問題点を整理する形で、いくつかの視点を提示しておくことは必要な作業に思われる。

第一に、日露戦争において、ロシアのバルチック艦隊を壊滅させた日本海軍が、それから四十年後に、アメリカ海軍によって完全に壊滅させられた歴史的事実である。

第二に、太平洋の覇権をめぐって争われる日米戦争において、その主役は陸軍ではなく海軍であったことは、誰の眼にも明らかなはずである。しかし、太平洋戦争開戦決定への主導権は陸軍によって進められ、米内・山本・井上のトリオによって、いったんは阻止されながら、そのあとの海相及川古志郎、嶋田繁太郎たちは、陸軍に従属し、消極的に海軍の保身を図ることで、戦争への道を開いてしまった。中国大陸に膨大な軍隊を展開している陸軍、主役として戦わねばならない海軍の双方が、冷静に考えれば、実行不能の暴挙を犯したことになる。

第三に、かつて日露戦争において万全の方策をもって臨んだ山本権兵衛、ワシントン条約において、日米戦争の不可を熟知して海軍を抑えた加藤友三郎、この二人に匹敵する人材が、海軍のトップに存在しなかったことである。

第四に、日本は単純にアメリカの物量に負けたのではなかった。伊藤正徳も指摘しているように、日本は世界第三位の海軍を築き上げていたのであり、総合戦力において「生産力」「耐久力」「資源」で劣っていたが、「造艦」「武器」「兵術」において、米英よりも優れていたのである。しかし、緒戦での過大な戦果が全軍に油断を生じさせ、オーストラリア、ミッドウェーといった作戦海域の拡大を妄想させ、一瞬の錯誤から、練度の高い将兵と艦船を失ってしまった。それには、山本五十六を含めて、トップの作戦・指揮の失敗が大きく作用している。西太平洋において防禦に徹し米兵力の漸減を計るという、伝統的発想を維持し、力をためて腰を低く構えれば、戦艦大和や武蔵もまた空母との連携作戦で、もっと有効に役立つ場面をつくりえたであろう。

第五に、したがって、洋上に戦った将官・将校・兵士たちは、みごとに戦士として戦ったのであり、太平洋戦争の責任は、政治家・軍政家・軍令部・最高司令官と、上層部の責任が重い。太平洋で撃沈された軍艦四百十隻、戦死した提督は元帥二、大将五、中将五十六、少将二百五十二、計三百十五名が戦場に消えた。まさに、日本海軍は壊滅したのであった。

その意味で、昭和十八年十二月に武山海兵団に入り、海軍兵科予備学生として、昭和十九年七月に電測学校に入って、十二月少尉に任官して、大和乗組を命ぜられた吉田満は、太平洋戦争の決定的瞬間に立ち合うことはすでになかった。むしろおくれてやってきた青年であった。もはや主力艦隊と航空機を失って、敗勢の決った海軍、その海軍が最後に試みる特攻作戦の要員として投げこまれる運命だったのである。

戦艦大和という日本海軍のシンボルの生涯においても、吉田満が立ち合ったのは、その最期の瞬間であり、レイテ海戦において、満身創痍の経験を経た、その経験に立ち合ってはいない。

偶然の符合というべきか、「俘虜記」「野火」という名作を書き、やがて後年「レイテ戦記」という大作を書くことになる大岡昇平もまた、実際には、昭和十九年に応召し、フィリピン戦線に配属され、敗走のなかで死線をさまよい、捕虜となったのは、昭和二十年一月のことであり、その体験はきわめて短時日だったのである。

大岡昇平や吉田満にとって、敗走や沈没という極限状態を、きわめて新鮮な体験として受けとることのできる、精神と肉体を備えていたことが、大切な条件であったかもしれない。

しかし、こうした判断はすべて今日から考えていえることであって、武山海兵団に入った吉田満、帝国日本が動員した学徒兵たちの視野には、漠然たる危機感と曖昧な情報しかなかったはずである。昭和十八年十二月の時点にもどろう。

武山海兵団

いわゆる学徒出陣で学窓をはなれた吉田満の同期の人々は、戦局の前途にもはや希望はもてず、悲壮感は蔽えなかったが、しかし、高等教育を受けている者として、その学業放棄にふさわしい儀式と共に送り出されたのであった。

昭和十八年十月二十一日、文部省と学校報国団本部は、徴兵延期停止により出陣する学徒壮行大会を、神宮外苑競技場で挙行した。東條英機首相臨席の下に、東京近在七十七校の学徒数万が、雨の中を分列行進したのである。

この光景は新聞にも報道され、ニュース映画にもなって多くの人々の脳裏に刻みこまれた。行進する学徒たちの一人一人の表情、それに小旗を振って別れを告げる女学生たちの姿は、国家の危急存亡の秋を想わせ、またそれぞれの青春を捨てて、公けに殉ずる行為に、多くの人々は純粋に涙を流したのである。この想い出は、いつまでも日本人の脳裏からはなれなかったのであろう。戦後になっても戦争回顧のドキュメントには、神宮外苑の場面が使われることが多い。

(この十月二十一日という日は、東條内閣を批判した政治家中野正剛が逮捕された日でもあった。朝日新聞に載せた中野の「戦時宰相論」で東條首相を激怒させたためという。華やかなパレードが進行する陰で、憲兵隊が動いているという図柄はいかにも戦時下の小独裁者の性格を物語っている。中野正剛は釈放後の二十六日、日本刀で自刃している)

しかし、このパレードには、志垣民郎氏は参加したものの、吉田満は参加しなかったという。ここにも二人の時局への姿勢のニュアンスの相違が窺われる。

十二月、吉田満が入隊した武山海兵団は、兵士としての基礎訓練を行う場所であり、横須賀線逗子駅を下りて葉山の御用邸を経て歩いてゆける三浦半島東海岸沿いにあった。二カ月の訓練ののち、それぞれの志望と能力によって選別が行われ、昭和十九年七月には、専門教育を受けることになる。

吉田満は、昭和十九年二月、海軍兵科第四期予備学生となり、同七月、海軍電測学校に予備学生として入校している。しかし、この単純な履歴の背後にも複雑な心理的背景があったようである。身近な友人たちの複数の証言によれば、最初のうち、吉田満自身としては、経理畑に進みたかったらしい。兵科に比べて経理は、はるかに安全な任務が多い。戦争に対して消極的・懐疑的であった吉田満としてみれば、それは当然の反応であったかもしれない。しかし、彼は経理ではなく兵科に選ばれた。選ばれた吉田満は次第にそのことを自分に納得させ、むしろ積極的に戦士として潔く第一線で戦う決意を固めてゆく。昭和十九年十二月、電測学校を卒業して少尉に任官し、副電測士として「大和」乗組を命ぜられたとき、吉田満はそのことを無上の光栄として喜んで、友人たちに語った。

「あの懐疑的な彼が、大和乗組をなぜこんなに喜んでいるのか、その変身が私には不思議に思われたもんですよ」

友人の石原卓氏は、後年になっても変身の謎が十分納得できないらしく、憮然たる面持で筆者に語った。石原卓氏は東高、大学、武山海兵団、電測学校と行を共にし、戦後、奇しくも日銀で職場を等しくした間柄である。その石原氏自身は、「なんでわれわれがこの戦争で死ななければならないのか」と考えていた懐疑派の都会人であった。

おそらく、吉田満も戦争を懐疑し、死を怖れ、自らの運命を最後まで納得しかねたのであろう。しかし、懐疑と懊悩の末、最後に彼は反転、戦うことを、潔く戦士となることを決意したのではなかったか。この微妙な推移と変身の意味は限りなく重いように思われる。「戦艦大和ノ最期」という作品は、戦士たることを決意した人間の作品だったからである。そしてこの知性と倫理と美意識の間の微妙な葛藤と変身のなかに、戦争と人間の最奥の主題が隠されているように思う。


海軍生活の最初に経験した武山海兵団についての記録は乏しい。『追憶』のなかでその時期に触れているのは、中村祐三氏の文章だけである。

「吉田満と私とのめぐりあいの最初は、昭和十八年十二月武山海兵団第三十分隊でであった。彼と私とは教班は別であったが、確かカッター訓練で総員出払ってしまった後両人とも課業を休んで自習室に残っていたことがあった。彼は凍傷で両手に包帯をしており、とてもカッターの櫂など握れる状態ではなかった。

彼は私と違っていわゆる仮卒組であり、当然大学生活には精しかった。例えば民法の末弘厳太郎教授が講義中、教室に遅れて入って来た学生を怒鳴りつけて立っていろといったはなしが出た時、あれはガンちゃんの本心ではなくジェスチュアでやっているのだと解説してくれた。話が身の上話にまで及んだのであろうか、父の名が茂というのでよく吉田茂と間違えられて困るといっていたことが妙にいまだに記憶に残っている。

恐らくカッター訓練の現場では、〝教班長の号令、叱声罵声、櫂を備へる時の木と木の打合ふ音、班員同士の一寸とした口論、まだ慣れぬ事とて一しきり騒々しくポンドはざはめいたが、もやひを解けば艇は自然に流れ出し困まってゐた十余の艇もてんでに離れ離れに櫂の水打つ音と笛の音のみとなり、やがて揃って動く櫂の白い美しさを見せて遥か碧りの沖に点々と漕ぎ出て行った。〟と同じ分隊にいた土居良三が雑誌『世代』（昭和二十一年十月号）の《二等水兵記》に描いた情景が展開されていたであろうのに、ここ自習室の中は皆が出払っていたとはいえ、彼の身辺には凡そこれとは異質の静謐が漂っていた感があった」

吉田満は凍傷にかかっていたのである。東京のあたたかい家庭をはなれ、冬の海辺で軍隊生活・団体生活を叩きこまれたとき、彼の肉体が端的に起こした反応であった。若い肉体をもち学生生活で健康な生活を送っていた彼もまた、きびしい軍隊生活の現実のなかでは、ヤワな都会青年にすぎなかった。

凍傷で傷ついた自らの手を労わりながら、昨日までの学生生活を語る吉田満は、まだ半ば娑婆の人間であった。その姿が中村祐三氏に、〝異質な静謐〟を感じさせたとすれば、彼はいまだに自分の運命を納得しかね、懐疑と懊悩のなかにあったのかもしれない。

しかし、そうかといって、彼の前途に選択の余地があったわけではない。戦局は歩一歩テンポをはやめ、戦場に赴かねばならない彼らの団体訓練もまた日一日、きびしさを増していった。

武山海兵団での生活の一端を、中村祐三氏が紹介した『世代』の土居良三の「二等水兵記」を借りて再現してみよう。

「三十分隊の居住区は長い兵舎の海岸寄りの階下で丁度屋内のバスケットコート位の広さだつた。中央にたゝきの通路があり、その両側のデッキは通路と直角の梁で七つ宛に仕切れ、その仕切りに一つ宛机があつた。狭い艦内のスペースを極度に合理的に利用する海軍のやり方がこの造作にも窺はれた。各教班に一つ宛のこの机は食卓にも銃を掃除する時の台にもなり、夜は吊床をつる時の足場にもなるのだつた」

「生活の本拠たる兵舎内外の様子から、烹炊場、洗濯場、講堂となる格納庫等の位置、吊床の吊り方収め方、掃除のやり方、配食の仕方、食器の洗ひ方等々、一つ一つ教班長から習つて覚えて行かなければならなかつた。雑巾や薬罐に至るまで備品の置き場所は定められてあつたから、万事につけてやりつぱなしの信一(小説の主人公)にとつてはなかなか気骨が折れた。

少しの休みの間には靴も磨かねばならず、知己への挨拶状も書かねばならず、新しく交付された軍服から、シャツ、手拭、褌、ゲートルの類に至るまで総て姓名と兵籍番号を一々記入して整理しなければならなかつた。母も女中も居るわけでなく、何でも独りでやらなければならなかつたから、このやうな細々した仕事には不精で忘れつぽい信一には面倒でならなかつた。置き忘れると教班長に没収されるので、それに注意するだけでも気疲れがした。

入団後の十日程は、入団式、予備学生の詮衡試験、その他各種の検査等行事が多く続いて新兵たちはたゞ新しい生活に追附いて行くだけが精一杯で、感激にも感傷にも浸ってゐる余裕はなかった。勿論何か纏って話したり考へたりする暇は全くない中に日はどん〳〵経って行った。

この不定期の行事が一段落して、陸戦、カッター、手旗、体操等が主な科目の日課の繰返される頃になると、新兵たちも一応海兵団生活の軌道を弁へ、生活にも余裕が出来て来て、煙草の欠乏と反比例して煙草盆の雰囲気は学生らしい賑かさと落着きとを取戻して行った。

海兵団生活の現実の基盤ともいふべきものは各教班であった。恰も社会生活に於ける家族の機能に比すべきもので、一分隊十四教班の各は教班長の命により十四人の班員一身同体となって動いた。兵一人一人の意思といふものはなくて各自は教班長の命令によって表現される班の意思を行動に移す手足に過ぎなかった。それでゐて一人一人の過誤失策は直ちに班の落度不名誉となって班員全部が連帯の責任を負はねばならなかった。

カッター橈漕は勿論、掃除の巧拙遅速、手旗やモールスの試験成績、吊り床の上げ下しの速度等すべて班全体の成績が問題にされた。班対抗の競争意識は時には分隊の団結を危ふくする位熾烈なものがあった。平常の作業集合や、課業始めの整列ですら、ビリになった班は教班長から叱られたり辱しめられたりした。併し生来無器用で動作の鈍い者がどの班にも居り、遅れる者は何時も決ってゐて、その都度他の連中の気を揉ませるのだった」

「二等水兵記」は、このあと、カッター訓練の場面を描き出しながら、世馴れた下士官である教班長とひ弱な学徒兵の微妙な心理的葛藤を扱っている。この問題は、後年、吉田満にとっても重大な問題として意識され出すのだが、土居良三氏の記録は、海兵団生活の具体的姿の一端を実感をこめて描出しているといえよう。

軍隊生活を否応なく経験した戦中派の人々に、戦後の社会生活でも事務処理能力にたけていた人が多いのは事実で、吉田満にもその能力を窺わせるエピソードが多い。それは武山海兵団の基礎訓練に始まる軍隊生活の悲しい賜物であろうか。

海軍電測学校

武山海兵団に関する追憶が乏しいのに比べて、電測学校に関する追憶や記録は豊富である。とくに『栄光の海軍電測士官』（昭和五十五年）が同校卒業生の会（世話人代表・須郷登世治氏）によって編纂・公刊されている。

吉田満もこの会の積極的世話役だったようで、一文を寄せているが、この書の公刊が吉田満の死の直後であったため、彼の文章は遺稿の性格をもち、またこの書自体、吉田満の追悼を巻頭に飾っている。

主としてこの書物と『追憶』に依りながら、電測学校とそこでの生活を追ってみよう。

電測学校は、帝国海軍が太平洋戦争での電探技術のおくれを痛感して、急遽創設したものである。最初は通信学校の分校としてつくられたが、需要に追いつけず独立させたものという。

後年、吉田満はアメリカで海軍での職能を聞かれて、

「レーダー・オフィサーだった」

と答えることに一種の誇りを感じたという。たしかに急ごしらえの学校であり、日本の非勢を覆すには至らなかったものの、日本人の機敏な対応能力、技術能力を物語るものといえよう。

とはいえ、急ごしらえの学校であったから、伝統ある海軍の各種技術学校――航海学校、砲術学校、潜水学校、通信学校などとちがって、藤沢郊外の電測学校はバラック建てのおよそ殺風景なものであった。

当時、電測学校の副官を勤めた喜多川忠一氏の回想によると、藤沢分校は昭和十九年六月一日に開校されたが、土地の買い上げを始めたころは、麦が青々と伸びつつある時期であったという。折角これまで伸びた麦を駄目にしてはということで、さしあたり必要としない場所の麦は、その地主の人々に耕作をしてもらい収穫もしてもらったという。

吉田満たちを含む第四期兵科予備学生と第一期予備生徒のうち、三百数十名を迎えて入校式が行われたのは十九年七月十七日、そのときはまだ海軍通信学校藤沢分校だったという。当時の電測学校およびその周辺は、百三十万平方メートルという広大な敷地に、急造のバラック兵舎が幾つもの群に分れて建てられており、樹木らしい樹木はほとんどなかった。それだけに学生舎の前に残されていた一本のさるすべりの木が印象的であったという。

学校の周辺には農家が点在し、畑地が続く田園風景であった。学校の中でも農牧班が編成されて、敷地内の一隅で野菜を作ったり、豚百頭、鶏千羽、家鴨五百羽が飼われたりした。食糧事情の逼迫のためである。

電測学校が正式に独立したのは九月一日、終戦まで一年にも満たない。藤沢分校の時代を含めても一年三カ月、しかも短い期間ではあったが、そこで予備学生隊をはじめ、高等科、普通科の練習生、そして予科練の生徒の教育が、あわただしい戦局のなかで行われていた。二十年に入ってからは防空壕掘りの作業も盛んに行われ、卒業して実施部隊に出ていく者、新たに入校してくる者、異動はあったものの、常時、一万二、三千名をかかえる大世帯であった。

電測学校の教頭は馬場大佐、第四期予備学生隊の教育組織は、隊長林保太郎少佐の下、分隊長が兵学校出身の古本信雄大尉、その下に二期、三期出身の区隊長、その他の教官が配属されていた。

学業は高等数学、交流理論、真空管理論、そして各種兵器の操作技術に関するものであった。学生たちは大部分、法文経の学生であったにも拘らず、五カ月の集中教育に耐えて、よく理論と技術をマスターしたという。明確な目標と必死の努力があれば、教育というものはそうした成果を挙げることができるのだ。

教育は林学生隊長のもとで、兵学校に準じた教育が行われ、上記の学業の外に棒倒し、マラソン、防空壕掘りといろいろ訓練を組み合せたものであった。

雨の日には、バラック兵舎のことだから、雨漏りがして、ベッドを移動させねばならなかったが、またそうした日には演芸大会を催し、学生たちは寮歌、謡曲、歌謡曲などを歌った。そんなとき学生たちの表情は明るかった。

食欲旺盛な青年たちに芋をいれた少量の食事は辛かったであろうが、乏しきを分つ生活はそれだけ忘れがたい思い出となる。休憩時には、教官も学生も一緒にさるすべりの木の下で、煙草を喫いながら話し合ったという。

次に『追憶』のなかから、吉田満と電測学校で身近にあった友人たちの証言を取り上げよう。

「当時の学生舎は急造のバラック建てで、屋根には瓦もなく、勿論天井もなかったから、夜ベッドで眼を開けば屋根板の隙間から星が見え、又、夕立ちでもあると、あちこちで雨漏りがするからさあ大変。みんな起き出してベッドや自習室の机をあちこち動かさなくてはならない。翌朝になると室の中はめちゃくちゃになっていた。

こんな中で、法文経の大学生だった我々は、数学や交流理論、真空管理論など縁もゆかりもなかった勉強をさせられた。電波兵器の基礎とはいえこれには閉口したが、皆よく助けあったものだ。なかでも秀才の吉田君は仲間から最も頼りにされていた。

彼は、体はそう頑健とはいえず、物静かであったが、内には強いものを秘めており、棒倒しの時にはいつも一緒に棒の根っこで棒を支える一番きつい場所に付き、踏まれても蹴られても頑張っていたし、武装駆足の時にはへばった仲間の銃を持ってやって走った。

夏が過ぎ秋も深まると、バラック兵舎の寒さはひどいものであった。そんな或る日、学生隊長から『東京近辺に実家のある者には一晩の外泊を許すから帰って縕袍《どてら》を持って来い。遠方の者は小包で郵送して貰え。』というお達しが出た。

それ以後、夜の自習時には作業服の上に縕袍を着て机に向っていたが、軍隊の中の縕袍姿というものは何とも異様であった。これは、林学生隊長の英断であったらしいが、帝国海軍の縕袍生活は、おそらくこれが初めてであり且つ終りではなかったかと思う」(「縕袍と海軍」中塚昌胤)

「学生舎の自習室は四人ずつ向い合うようになっており、端から番号順に席を決められた。私は三番だったので、四番と隣合せとなり、この四番の学生が吉田満学生で、この時が私と吉田学生との出会いである。そして寝室は二段ベッドで上段に吉田学生、下段に私が寝て、十二月二十五日の卒業までこの生活が続いたのである。

初めて会った吉田学生の印象は、落着いた、おとなしい人という感じであったが、日がたつにつれ心のやさしい人だということがわかってきた。

教科が始まると早速難関が待っていた。数学である。私は元来数学が大の苦手で、基礎教程終了時の術科学校の希望では数学を必要としない陸戦を志願したのに、電測と発表されたときは頭を抱えたのであった。そこで私はこの際、恥も外聞もなく吉田学生に教えを乞うたのである。高等数学、複素数、そして兵器に入ってからも、毎晩二時間の自習時間には徹底的にわからないところを彼に聞いた。又彼は最後まで厭な顔一つしないで、懇切丁寧に私が納得するまで教えてくれたのである」（「海軍電測学校の出会いから」内藤正雄）

中塚、内藤両氏の回想から浮かび上る吉田満学生の姿は、もの静かで頭のよい、やさしい人柄である。このイメージは府立四中時代以来、変っていない。中塚氏の回想は、同時に〝棒倒しの時にはいつも一緒に棒の根っこで棒を支える一番きつい場所に付き、踏まれても蹴られても頑張っていた〟吉田満の姿を伝えているが、それは責任感に溢れ、闘志に満ちた青年の姿を伝えている。

内藤氏の文章も、上記の記述につづいていささかショッキングなエピソードを伝えるのである。

「月日は忘れたが秋頃だったと思うが、或る日例によって声がかかり煙草盆へ行ったが、この日は何となく元気がないので、

「どうした体の具合でも悪いのか」と聞くと、

「いや実は今日家から便りがあって義兄が戦死したんだ」

と沈痛な顔をして言った。一瞬私は何といってよいかわからなかったが、

『そうだったのか。家の方々さぞがっかりされたろう』

というのがせい一杯だった。その時彼は、

『有難う。ようし俺はやるぞ。絶対義兄の仇を討つ』

『よし、俺も貴様の仇討に参加する、頑張ろう』

と二人で固く手を握り合って今後の努力を誓い合った」（同・内藤正雄）

海兵団入団当初、懐疑と懊悩のなかにいた吉田満は、次第に運命を積極的に受け入れ、戦士たる決意を固めていったように見える。このエピソードにある〝義兄の仇を討つ〟という表現は、今日から眺めるといささか大時代であるが、戦うことに意義を認めようとしていた吉田満にとっては素直な表現だったかもしれない。いや敬愛する義兄の死というショックを契機に、自らをさらに戦士として奮い立たせようとする懸命の努力の現われであったかもしれない。

義兄細川宗平は、大正二年生まれ、富山中学から三高、東大の農芸化学科を出て、日産化学に勤めていたが、応召で二等兵として中支戦線に赴いての戦病死であった。

二人姉弟であった吉田満は、おとなしい姉瑠璃子さんを愛し、その結婚相手となった細川宗平氏を尊敬していたという。すでに一子をもうけていた瑠璃子さんの身の上を思うと満も暗然たる想いに捉われたことであろう。その憂いを打ち消すために、敢えて〝仇を討つ〟という表現に身をゆだねたのかもしれない。

吉田満はこの電測学校時代をなつかしがっていたが、遺稿ともなった彼の手記には、電測学校時代の生活の描写はない。ただ次のような冒頭の風景描写がある。

電測学校といえば、まず思い出すのが、小田急線の新長後の駅からうねうねと続いた、あの埃っぽい道である。上陸の帰校時間が迫って、芋畑の間を急ぎながら、遥かに遠い視野に入ってくる木造平屋建の校舎は、どう見ても、海軍電測学校より陸軍電測学校に近かった。

吉田満の手記で、この際重要なのは、次のような心境を証言している箇所であろう。

任官して赴任すべき実施部隊の希望をきかれたとき、私は見張所でも航空隊でもなく艦船を選んだ。先任将校の古本教官から呼び出しがあって、一人息子なのに何故危険の多い艦船勤務を希望するのか、と質問を受けた。海軍に入った以上、陸上ではなく、フネに乗り組んで海軍らしい勤務がしたいから、と正直に答えたのを記憶している。それでも、「大和」乗組を命じられた日の夜は、しばしば目がさめて眠れなかった。それほど想像していなかった配置であった。自分のようなおよそ軍人に不向きの人間には、厳し過ぎる配置命令であった。しかし、やれるかぎりやるほかはない。そんな気分の昂りが、なかなか収まらずに夜が明けてしまった。

「大和」乗組は、客観的にみて、吉田満学生がもっとも優秀で、乗組員にふさわしいと学校側が判断したものであろう。それは栄誉ある命令であり選択であった。吉田満自身、それを興奮と昂揚のなかで受けとめたのであった。しかし、このことは、かつて東京の友人であり、懐疑派の石原卓のような存在からみれば、はるかな距たりを生じてしまった境位であった。

――一人息子なのに何故危険の多い艦船勤務を希望するのか。
――海軍に入った以上、陸上ではなく、フネに乗り組んで海軍らしい勤務がしたいから。

こう答えた吉田満は運命を甘受し、学徒兵らしく生きたいと願ったのであった。おそらくこの答えが教官をも感動させ、優秀な能力と共に、「大和」乗組を決定させた要因であったろう。

こうした態度で戦争に対した青年は少なかったかもしれない。しかし、そうした青年たちこそ、当時の国難に際して、もっともふさわしい美徳と美質の所有者ではなかったろうか。太平洋戦争下の問題を論ずる場合、欠けているのはこの視点なのである。

今日の社会でも、こうしたタイプの無名の青年は各所にいる。そうした人々こそ、ひとびとから自然に敬愛され、自ら指導者となり、集団を支えているのである。

陸士や海兵出身の職業軍人の場合は、身命を賭することを職能としていたから、士気の旺盛であったことは当然であろう。しかし、指導層の戦争責任とは別に、今日では失われてしまった軍人の美質も改めて名誉回復する必要があるように思う。

吉田満の事例と逆に、電測学校のなかにも安全を願い、それを希望した事例もあった。東京商大出身の某氏は、一人息子で結婚したばかりであった。某氏はその旨を正直に語って安全な任地を希望した。しかし、発令されたのは死の確定的な硫黄島行きであったという。吉田満も、古本教官も痛ましい事例として、その人事を非難しているが、運命とはそうしたものかもしれない。

率直な吉田満には「大和」乗組という栄誉があたえられた。しかし、その「大和」の運命こそ、帝国日本を象徴するものであり、吉田満は帝国日本の敗亡を全身で体験することになる——。

ともかく、吉田満は五カ月の集中教育を受け、昭和十九年十二月、電測学校を卒業し、少尉に任官、副電測士として大和乗組を命ぜられることになる。

戦艦大和の運命

ここで吉田満の生涯を決定した戦艦大和について考察しておく必要があろう。個人の生涯が国の運命と一体化する、その運命の交錯は、それまで辿ってきた吉田満の生い立ちが、戦艦大和と出会うことで交わった一点で成り立つからである。

戦艦大和について書かれた書物は多い。太平洋戦争史のなかにはかならず登場するし、今日では、読みやすい形で、児島襄『戦艦大和』（一九七三）、御田重宝『戦艦大和の建造』（一九八一）、辺見じゅん『男たちの大和』（一九八三）といった書物まで公刊されている。

三三三三名という選りすぐった優秀な乗組員、日本の科学と技術の粋を集めてつくられた結晶としての建艦過程、そして最後の沖縄特攻出撃、帝国日本の栄光と悲惨を語る上で、これほど具体的でシンボリックな存在はないからであろう。

ただ、同型の戦艦「武蔵」に比べても語られることが多いのはなぜだろうか。「武蔵」に関しても、吉村昭氏の『戦艦武蔵』『戦艦武蔵ノート』、渡辺清『戦艦武蔵の最期』などがあるが、量的には「大和」を語ったものが圧倒的に多い。

それは最後の特攻出撃という点も考慮に入れなければなるまいが、日本人の深層心理に大和という言葉の響きが、原日本への郷愁を掻き立てるものがあるからではなかろうかという感想を筆者は持っている。

ある時期、「宇宙戦艦ヤマト」というアニメ映画が大ヒットしたことがあった。子供たちの心にも響くのはヤマトなのである。多くの子供は戦中の「大和」も、日本古代の大和も知らないかもしれない。しかし、社会習俗の裏に、そうした日本人のもつ微かな記憶が、時として甦るのが歴史の不思議ともいえようか。

筆者自身、少年時代の記憶として不思議な経験がある。昭和十年代、日華事変がはじまったころであろうか。ある日、父親が日本海軍の軍艦の写真集を買ってきた。それを眺めているうちに、私は軍艦マニアになり、排水量、装備を含めて、戦艦、航空母艦、巡洋艦、駆逐艦、潜水艦の形と名称を諳んじて、新しい軍艦を設計する夢想に取りつかれたことがあった。

そのうちに、戦艦の名称が日本の古い地名に拠っていることがわかり、日本の古地図を眺めながら、陸奥や長門の場所を追ってゆくと、日本のもっとも由緒のある場所は、古都大和と江戸のあった武蔵であることに思い当り、日本を代表する戦艦は「大和」と「武蔵」でなければならないと信じこむようになった。

だから後年、戦艦「大和」と「武蔵」の実在を知って、なにか少年時代の夢想と再会したような、不思議な感懐に捉われたものである。ヤマトという言葉には、なぜかそうしたなつかしい響きがあるのである。

戦艦大和は昭和十二年に起工された。ワシントン条約、ロンドン条約による軍縮体制が前年（昭和十一年）一杯で破棄された直後、第一に着手された処置であった。

この時点でアジアと太平洋をめぐる日本と米国、英国の対立は、もはや管理できない無政府状態を現出してしまったのである。建艦競争が再開され、無制限な軍拡競争は、いつしか戦争に発展しても不思議ではなかった。

しかし、明治以降、もっとも巨大な組織と制度として優先されてきた海軍、そこに蓄積された人材と技術とは帝国日本の精髄であったこともまちがいない。それは民間の商業ベースとちがって、国防という至上目標のために国家が科学と技術を結集し、採算を考える必要もなく、国家の事業として行われるのであるから、戦艦大和の建艦は、日本の工業技術の最高峰をゆくものであった。そこに投入された人員、技術は、おそらく今日では考えられない志気と能力を示したものであったろう。そのことが、建艦競争の是非、政治・財政問題とは別に、いつまでも多くの人々の脳裏からはなれない理由であろう。

呉工廠で遂行された秘密の建艦物語には立ち入らないが、トップから職員、工員に至るまで延千五百万の人々の関与した建艦作業は、帝国日本のピラミッドであったといえるかもしれない。

大艦巨砲主義の到達点であった大和は、日本人の総力をあげた結晶であったが、日本海軍自らが達成した航空決戦時代のために、軍艦としては最後まで悲運であっただけに、日本人はいつまでもアンビバレントな複雑な愛惜の念からはなれることができないのである。

しかし、考えてみれば戦艦大和を造ることのできた日本人が、戦後、経済大国を実現できたのは当然だったといえるかもしれない。戦前の日本人の思い上り、戦後の日本人の自己卑下はいずれも過剰反応であった。問題は戦前も戦後も変っていない。戦艦大和をつくれる能力をもちながら日本人は国を滅ぼした。戦後の日本人も技術と経済でその優秀さを示したが、その能力を何に捧げるのかという均衡し成熟した判断力を失うとき、日本の平和と安全に何の保証もないことを暗示している。

ともかく、日本技術の粋を集めた世界一の巨大戦艦大和は、折りからの日米関係の緊迫に対応して、三度の繰り上げ完成を要請され昭和十六年十二月中旬に竣工した。

排水量六万九一〇〇トン、最大速力二七ノット、四六センチ主砲九門を備える〝不沈艦〟であった。

日本の科学技術は国の要請に立派に応え、日米開戦に「大和」は間に合った。しかしそのために造られた「大和」の太平洋戦争での戦歴は悲運としかいいようのない過程を辿る。

太平洋海戦史は、簡明にいえば、次のような諸段階を経ていったといえるであろう。

1、真珠湾奇襲、昭和十六年十二月八日
2、マレー沖海戦、昭和十六年十二月十日
3、ミッドウェー海戦、昭和十七年六月五日
4、ソロモン消耗戦、昭和十七年八月〜昭和十八年二月
5、マリアナ沖海戦、昭和十九年六月十九日
6、レイテ沖海戦、昭和十九年十月二十四日
7、沖縄特攻作戦、昭和二十年四月七日

真珠湾奇襲は、山本五十六のかねてからの主張であり、戦術的には成果を挙げたが、宣戦布告の米国への通達がおくれたこともあり、アメリカ国民の怒りと戦意昂揚を決定的にしたという意味で、戦略的には失敗であった。〝真珠湾を忘れるな〟こそアメリカの合言葉となり、〝無条件降伏〟という徹底的戦いを決意させた一因にもなったはずである。そしてそれが戦後から今日まで、アメリカ人の潜在意識にあることを日本人は忘れるべきではない。

マレー沖海戦は、プリンス・オブ・ウエールズとレパルスという英国東洋艦隊のシンボルを瞬時にして沈め、チャーチル首相をも愕然とさせたが、その日本海軍航空隊の優秀さが、世界の大艦巨砲主義からの訣別を招き、「大和」「武蔵」自体の存在理由を極小化してしまった皮肉の結果を招いている。

しかし、当時はこの緒戦の戦果に日本人全体が酔ってしまった。国民が酔うのはともかく、日本の軍部、あるいは海軍自体に傲りと油断を生じさせたことは致命的であった。長期戦になればアメリカにかなわないという判断は正しかったにしても、ミッドウェー海戦の過程は、不運と失敗の典型的事例であろう。日本海軍はこの開戦半歳の一戦によって空母を中心とする艦船と、練度の高い戦士の半ばを失ってしまった。

ミッドウェー海戦と共に、戦時中から名高かったのは、ガダルカナル島争奪をめぐる凄惨な戦いであろう。それは日米双方にとってオトリ作戦の意味があったが、結局、日本軍が陸海共に、一大消耗戦を強いられることになり、戦略的にも完全な失敗といえるであろう。

そしてこの間に、日本は山本五十六（昭18・4・18）、古賀峯一（昭19・3・31）という二人の連合艦隊司令長官を失っている。もはや日本人全体、日本軍全体に敗勢を自覚させた事件である。

昭和十八年五月二十九日

アッツ島守備隊二五〇〇名玉砕

昭和十八年十一月二十五日

マキン・タラワ守備隊五四〇〇名玉砕

昭和十九年二月六日

マーシャル群島のクエゼリン、ルオット両島守備隊六八〇〇名玉砕

このころ、日本人は〝玉砕〟という言葉をどれだけ聞いたことであろう。そしていよいよ、サ

イパン島への米軍の上陸が始まった。サイパン島が陥落すれば、日本本土がＢ29の空襲圏に入る。

昭和十九年六月十五日、サイパン島に米軍が上陸した直後、マリアナ沖海戦が起った。二人の司令長官を失った連合艦隊が、陣容を建て直し、曲りなりに海空の戦いを挑んだ最後の戦いである。日本海軍史上、日本海海戦、真珠湾攻撃についで三度目のＺ旗があがったという。

しかし、小沢治三郎第一機動艦隊司令長官の名指揮ぶりにもかかわらず、日本海軍には、レーダーによる索敵能力がなく、練度の低い航空隊は、ほとんど戦果をあげることなく、圧倒的米艦隊に完敗したのである。

電測学校の急設は、この悲惨な現実へのおそすぎた対応策だった。

しかしマリアナ沖海戦以後、日本はもはや航空機をもたない裸の残存艦隊しかなく、米国艦隊に勝利しうる見込みを失ってしまった。〝殴り込み〟という捨て鉢な発想が生れてきたのはこのころからという。それが特攻という絶対的な死を前提とした戦法に発展する。もし戦いを継続するとすれば、それしか戦いようがなかったのである。

こうした凄惨な戦場の推移のなかで、「大和」の出番はほとんどなかった。緒戦においても後陣に控え、海戦となったときも、敵機は空母を狙った。大和が主砲を放ったのは、進水以来、マリアナ沖海戦が初めてであった。「大和ホテル」という仇名がついたのも、大和の冷暖房完備の贅沢な艦内のことだけではなく、巨大な役立たずに対する兵士たちの歎声と皮肉であったろう。

「大和」が自ら凄惨な戦闘を繰り拡げるのはレイテ沖海戦からである。それはもはや制空権を失った残存艦隊の殴り込み作戦としてであり、本来の偉力を海空一体で発揮したものではない。

レイテ沖海戦で僚艦「武蔵」は沈み、「大和」は傷だらけになって、呉に帰港し、その傷を補修していた。

副電測士・吉田満少尉が乗りこんだのは、こうした「大和」だったのである。

第八章　戦艦大和の特攻出撃

特攻出撃の意味

本来、この特攻出撃に関しては、吉田満自身の記録した『戦艦大和ノ最期』に附け加えるべきものはない。それを何回でも熟読玩味すればよい。

ただ、吉田満の記録は、電測士官として大和に乗り込んだ若い学徒出陣の士官の体験の記録である。だから、客観的にいえば、多くの問題が残る。吉田満自身、後年、日銀での自己の役割の先が見えてきた国庫局長、監事就任前後から、自分として書き残しておきたい主題に就いて考えはじめていたようである。

たまたま、江藤淳が、遠山一行、高階秀爾らと語らって『季刊藝術』を出し始めたころであった。勘がよく鋭い江藤淳もこのころは潑剌としていて『季刊藝術』の編集者として吉田満の存在に気づいたのであろう。吉田満と接触して『季刊藝術』の誌面を提供した。

こうして吉田満は五十歳のとき（昭和四十八年）に『臼淵大尉《うすぶちだいい》の場合』を書き始めた。同じ大和の乗組員であり、海兵出身の職業軍人として、吉田満と同世代だった臼淵大尉の、特攻出撃中の言動と姿が忘れられなかったのであろう。残っている写真から見ても、じつにすがすがしく凛々しい美青年である。

そして四年後、五十四歳のときに序章で触れたように『提督伊藤整一の生涯』を文藝春秋から書き下ろしで公刊している。伊藤整一は司令長官として大和に乗組み、特攻出撃を指揮し、沈没に際しては、司令長官の私室にこもり、内側から錠をかけて、艦と運命を共にしたという。

伊藤整一はこの特攻出撃に作戦として反対だったという。連合艦隊参謀長の草鹿龍之介の「要するに死んでくれということだ」という言葉に「それなら話は別だ」と答え、実際武人として完璧な最期を遂げた悲劇の提督である。

早くから、大和の特攻出撃に関しては、その無謀さ、拙劣さを非難する声は挙っていたし、それは常識や合理性の範囲では正しい批評だと思う。しかし、伊藤整一という提督が従容として死地に赴いたとき、大和の出撃はある象徴的意味を帯びてくる。

またその伊藤整一司令官の下に行動を共にした将兵たちの死もまた象徴的意味を帯びてゆく。明白な死しかありえない出撃の途上で将兵たちは、〝なぜ我々は死ぬんだ〟という悲鳴に近い叫びを発する。それに対して臼淵大尉は「我々は新生日本の礎《いしずえ》になるんだ」と自己を納得させるかのように叫んだという。全員が納得したかどうかは別だが、臼淵大尉やその周囲は、そう自分を納得させようとしたのである。自分たちの死は明白である。そして、日本が敗れることも、もはや明白である。

とすれば、その死と敗北の彼方に、その死と敗北を越えて、祖国日本が新生するであろうことを信ずるほかはない。その新生日本の礎としてしか、我々の死の意味はありえない。特攻出撃の意味を求めて、必死に考えても、それ以上のことは考えられない。

もちろん、古山高麗雄の描く『フーコン戦記』でのように、虫けらのように死んでいった青年も多かった。それも現実である。大岡昇平の描いた『野火』のように死線をさまよった極限に〝神をみた〟兵士も存在したことだろう。

学徒出陣に際して、戦時下の名総長といわれた京大総長の羽田亨（西域史研究）は「征きたまえ、そして還ってきたまえ」と述べたという。しかし、出陣した学徒の多くは還らなかった。

また昭和十年代、日本の大学人、知識人の中で例外的な戦闘的自由主義者、思想的英雄として、ファシズムと真正面から対決した河合栄治郎は、即日発禁になった『国民に愬《うった》う』のなかで、もはやこうなった以上、日本は堂々と米国と戦え、日本の新生は、この国難を突破したのちにこそ生れるだろう、と述べた。河合は、昭和十三年の段階で、日米の衝突は必至であり、その結果、日本は敗北し、朝鮮、台湾のみならず沖縄を失うであろうことを予見し、広言していたのである。

この河合の考え方には、特攻出撃した臼淵大尉の言葉に通ずるものがある。

河合は確乎たる自由主義者であったが、反戦主義者ではなかった。それは極限状況で死地に赴いた、特攻出撃の軍人たちの立場と共通したものである。日本民族は、この試錬を乗り越えなければ、新生を迎えることはできないという判断である。

この「臼淵大尉の場合」と『提督伊藤整一の生涯』の間に、吉田満には「祖国と敵国の間」(一九七四)という作品がある。

この作品は、同じく大和の特攻出撃に参加して戦死した太田孝一という日系二世の数奇な運命を辿った物語である。太田孝一はカリフォルニア出身、果樹園を営む太田家の長男に生れ、カリフォルニア大学一年のとき、慶応大学に留学したが、日米開戦のために帰国の機を失い、学徒出陣により海軍に召集され、その英語の特殊技能を生かすため、暗号士の即成教育を叩きこまれ、少尉に任官後、第二艦隊司令部付通信士として旗艦の大和に乗組み、沖縄特攻作戦に参加して二十四歳の短かい生涯を閉じた。

吉田満がこの数奇な運命の同僚に関心をもったのは、日系二世でアメリカ国籍の男がなぜ日本軍人として死んだかという好奇心であったろう。しかしその生涯を辿る過程で、太田家は戦時下にアメリカ政府によって強制隔離されて収容所生活を送った苦難の一家であり、その長男は日本政府によって召集されて戦死するという、日米二つの国家が強いた家族の悲劇であり、二重の悲劇を経験した、極限を経験した家族であったことを知り、自らも姉の夫を失った吉田満が痛哭の想いで筆を進めたのであろう。

しかも、祖国と敵国の間という主題を取り上げることで、祖国愛、愛国心といった観念の相対化を凝視したことは、きわめて重要な問題提起を含んでいるようにみえる。

靖国問題でも解るように、祖国のために死んだ者たちを弔うことは、人類の自然で普遍的な感情であり営みでありながら、ともすると偏狭なナショナリズムを刺激して国際的誤解を生む傾向がある。

われわれは、祖国のために死ぬという人類普遍の美徳の意味を確認するためにも、広い視野、国際的視野でこの問題に対しなければならない。吉田満の視点はある解決への示唆を含んでいるように私には思われる。

特攻出撃の象徴性

ここで、戦艦大和という存在が大日本帝国という国家にとって象徴的意味を持っていたように、その特攻出撃そのものも、大日本帝国の終焉と新生日本の礎（土台）となることを祈り、期待した象徴的行為だったことがわかる（象徴とはそれによって他の存在を表現するものを指す）。

それはもはや軍事行動としては無茶苦茶である。帰りの燃料もなく、航空機の護衛もなく、アメリカの集中攻撃を受けていた沖縄への特攻出撃である。もし、沖縄に着いたなら陸上に乗り上げて砲台となって沖縄の人々、守備隊と共に、アメリカ軍と戦うつもりだったともいう。

そもそも、日本はサイパン島が陥落した時点で降伏すべきだった。サイパン島が陥落すれば、日本本土への本格的空襲が可能になるとは当時、街の人々も噂していた。私の父もそうした早期降伏論者のひとりだった。おそらくそれが合理的判断だったであろう。

そうした判断を日本の指導層と軍部が打ち出せなかったところに、日本国民の悲劇がはじまる。太平洋各地における日本軍部と在留邦人を含めた人々が、玉砕に次ぐ玉砕という結果を生むことになった。また予想したとおり、サイパン島を飛び立ったアメリカの爆撃機が日本本土に飛来し、東京をはじめとする日本全土の都市（奈良・京都・金沢を除く）に徹底的に絨毯爆撃を行い、日本列島は焦土と化した。

しかし、人間集団の〝戦う意志〟というものは不思議なものだ。敵を殲滅するまで（逆にいえば全滅するまで）戦闘を止めない戦争を、人類は古くから経験してきた。ローマとカルタゴのポエニ戦役は有名だが、日米戦争がはじまったとき、「これは食うか、食われるかのポエニ戦役だ」とつぶやいた日本の識者がいた。

日本史のなかでも平家の滅亡、湊川の楠木正成、大坂の陣の真田幸村など大坂方の武将たちは進んで死を求めた。織田信長の比叡山焼打ちは有名だが、宗教戦争はヨーロッパでも日本でも、殲滅戦争になりがちだ。

二十世紀では宗教に代ってイデオロギーが人間を全体戦争に駆り立てた。二十世紀前半では、ナチス・ドイツと軍国主義日本が、その典型であり、後半では、米ソの冷戦がそうした意味をもった。

朝鮮戦争での林彪の中国義勇軍が採った〝人海戦術〟も、一種の特攻作戦に近いだろう。ベトナム戦争でのホー・チ・ミンのベトナムの採った戦術も、南ベトナム民族解放戦線と称する幻のゲリラ部隊の使用であった。フランス、アメリカという二大強国を相手にした、不屈の戦いは、背後にソ連と中国が控えていたからであったが、ここにも〝戦う意志〟のひとつの典型がある。

帝国日本の特攻作戦も、こうした〝戦う意志〟のひとつの典型であって、日本だけの特異の現象ではない。日本民族らしく、潔ぎよかったが、桜と同様、花と散ったのち、全面降伏したのであった。

こうした行為は、合理派には納得できないかもしれない。いわんや、「人命は地球より重い」といった首相をもつ、現代日本人の人権感覚から程遠いだろう。

しかし、軍人という、武士の末裔をもった帝国日本では、命以上に尊い価値の存在は自明のことであった。山本有三に「不惜身命《ふしやくしんみよう》」という面白い小説があった。武士の心境が、「命など惜しくない」という「不惜身命」から「命を惜しむことこそ武士の道だ」という心境に変り、さらにその果てにもう一度「不惜身命」の境地になるという物語である。

当然のことながら、末端の兵士たちはそこまで考えてはいない。虫けらのように死んだのだろう。しかし、知識人である将軍や将校たちは、自分たちの行為の意味を考えた。兵士たちの死を含めての意味と意義である。それは「考える葦」である人間の普遍的習性である。意味は付与されるものなのである。

作品の象徴性

作品としての『戦艦大和ノ最期』もまた幾重にも象徴的である。第一に、吉田満という学徒出陣の士官が戦艦大和に乗り組み、沖縄特攻出撃に参加して、何億分の一かの奇蹟で生還したこと自体が不思議だが、その青年が文語体で戦艦大和の最期の記録を文章化したことも不思議である。既述のように吉田満は漢文教育で有名だった府立四中の出身で、旧制東京高校に入っているが、旧制高校の特質の一つとして、漢詩文の詞藻が豊かでその質の高かったことであろう。

それはすべての旧制高校で学生や卒業生によって無数につくられた寮歌を眺めると実感できる。じつに語彙が豊かなのである。いまの若者には考えられない漢詩文の素養である。おそらくこうした社会の一般的背景がなければ、『戦艦大和ノ最期』は生れなかったであろう。こうした表現能力は、極限としての体験をもつことで、青年のおのずからなる生理としてほとばしり出た文章だったにちがいない。

第二に、この作品が世に出るに際して、二人の代表的な文士、吉川英治と小林秀雄がからんでいることである。吉川英治は昭和十九年から青梅に疎開していたが、そこで同じく青梅に疎開していた吉田満の父と近所づき合いをしていた。その父親が復員してきた吉田満を吉川英治の許に連れていった。父親は富山から東京に出てきて商人として成功した存在だったが、吉川英治を先生として素朴に敬愛していたのだろう。戦争に参加し、敗戦によって深い挫折感に悩む息子の姿をみて、この息子が生きてゆくためには、先生のような人のところに連れていって意見してもらうのが一番よい、と考えたのだろう。古来、日本人がもつ子供への愛情表現のひとつだろう。

吉川英治は満が大和の特攻出撃に参加して奇蹟的に生還した身であることを聞くと、

「あなたは、その体験をあまり時間が経たないうちに、ぜひ記録しておきなさい」

と勧めたという。文士としての直観が働いたのだろう。父親の勘も鋭かったが、吉川英治の直観による勧めも、最高の助言であった。どんな説教よりも、その体験を記録しておくようにという助言は実際的であり、人間の精神の在り方を識った人間の言である。

その吉川英治は昭和十年代、『朝日新聞』に連載した『宮本武蔵』によって、あるいはそのあとの長篇『三国志』と合せて、圧倒的人気を呼んで、国民文学の名にふさわしい国民的作家の地位を不動なものとしていた。

吉川英治は満洲事変が始まったとき「あそこに日本の曙があるかもしれない」と感じた一人であった。それまで昭和初年の日本社会は世界恐慌のあおりで失業と不況で出口のないような閉塞感に包まれていたのである。吉川英治はそのあと、支那事変から大東亜戦争にかけて、従軍作家として、各地の戦線の視察と将兵の慰問に積極的に参加したのであった。敗戦は吉川英治自身にとっても深刻な挫折であり、敗戦後は沈黙して百姓仕事をしながら冥想にふけっていたといえるだろう。その冥想と反省が、戦後の国民作家として再起し長篇『新・平家物語』（『週刊朝日』連載）を完成させた原動力となったのだろう。吉田満との出会いは、その冥想の時期であった。

また、完成した「戦艦大和ノ最期」の原稿は多くの人間の間で廻し読みされたらしい。原稿を読んだ批評家の小林秀雄は、滅多に他人の文章を誉めない人だったが、この原稿に接して、異様なほど興奮したらしい。吉田満の勤務先である日銀まで出向いて面会を求め、吉田満に直接、自らの感動を伝えて激励したという。小林秀雄は雑誌『創元』の創刊号への掲載を考えていたのである。

そうした行動に出た小林秀雄の場合にも、吉川英治と同様、この作品を誉める動機が存在していた。

「僕は馬鹿だから反省などしない。利口な奴はたんと反省するがよい。過去への反省だとか清算だとか口にするが、唯一回限りの人生に過去への反省も清算もあるものか」

『近代文学』の座談会に出席した小林秀雄が、司会者のもっともらしい言葉に反応した有名な言葉である。

小林秀雄もまた日華事変に際して「国民は黙って事変に処した」という有名な台詞を吐き、戦後の戦争責任追及の標的の一人にされた存在だった。小林秀雄の倨傲と逆説は、多くの場合、反撥を買っていたが、一点に於て不思議な真実を衝いている場合が多かった。小林秀雄の批評家としての道行きも綱渡りを思わせる微妙な線上を歩いたが、生涯、それなりのスタイルを踏みはずさなかった。

吉田満の作品を賞讃したのは、それがこうした小林の啖呵を正当化するほど切実な戦士の記録であり、小林秀雄は力強い味方を得た想いもあったことだろう。

大東亜戦争には、自由主義者から共産主義者までの批判者があったことは事実だが、大多数の日本人は戦争になにがしかの真実を感じながら従っていったのである。国難に際して〝義勇公ニ奉ズル〟倫理には何がしかの正当性はあった。戦後民主主義の論理はそうした微妙な領域を無視して、戦争に協力したか否かを基準にして、指導者や知識人を断罪したのであった。

吉田満の作品は、戦後民主主義の文学や思想では割り切れない真実の記録であった。当然のことながら、当時の占領軍とその協力者たちは、〝軍国主義を鼓吹するもの〟として、「戦艦大和ノ最期」が掲載された雑誌『創元』を発売禁止にしたのであった。しかし、発売禁止で事はすまない。むしろ、禁止されて作品への関心は高まり、占領が終るや否や、争って読まれることになったのである。

そして、吉田満と同世代の二人の作家が共感と共に〝恐るべき競争相手〟として吉田満を意識したことは面白い。

阿川弘之はやはり学徒出陣の海軍士官であったが、戦後、志賀直哉の弟子としてデビューし、雑誌『新潮』などに、「春の城」「雲の墓標」といった清冽な戦記文学の作品を発表していった存在である。

三島由紀夫は終始、反戦後派作家として自己を主張しつづけた鬼才であった。三島由紀夫は後年、ニューヨークに旅行したとき、ちょうどニューヨーク事務所に勤務していた吉田満に会い、吉田さんが作家にならなくて私は助かったよ、とジョークを飛ばしている。

『戦艦大和ノ最期』という作品は、日本人と戦後社会にとっても、こうした象徴性をもっていたのである。

吉田満という人自身の象徴性

戦艦大和はその存在自体が建艦される当初から連合艦隊の旗艦であり、帝国日本の象徴であった。

その大和が特攻出撃したことによって、帝国日本の敗北と最期を飾る象徴的行為を意味することになった。

吉田満が吉川英治の勧めで「戦艦大和ノ最期」を作品化したとき、批評家小林秀雄が激賞したこともあり、作品自体が、戦後文学のもっとも輝ける象徴となった。

そして、そうした作品を記録した吉田満という人自体が、戦艦大和からの奇蹟的生還者であり、すぐれた戦闘記録、特攻出撃の現場の証言者として象徴的存在となり、戦後社会を一種の有名人として生きてゆくこととなった。

それは誇るべき名誉でもあったが、生身の吉田満にとって大きな重圧となって作用しつづけることとなった。

吉田満は早くから、極限の体験をもち、時として、多くの死者たちが現れる夢魔に苛まれることもあって、何がしかの信仰をもつことなしに心の平安、安らぎ、安心立命は得られないことを予感していたのであろう。

敗戦の翌年、昭和二十一年には、カトリックの神父今田健美と知り合ったこともあり、日銀の内にカトリック研究会を主宰し、世田谷教会で洗礼を受けている。今田神父は「戦艦大和ノ最期」を読み、そうした極限の体験者としての吉田満に、今田神父の方から積極的に接触を試みたのではないかと推測される。吉田満の方でも、カトリック信仰の内容を理解することに努め、『今田健美神父述・公教要理講解』を昭和二十三年五月にまとめており、「死・愛・信仰」という文章を『新潮』（昭二十三年十二月号）に発表している。

ところが、吉田満はその翌年、中井嘉子さんと結婚するが、嘉子さんがプロテスタントの家庭に育ったこともあり、教会の真理性について二人で真剣に語り合ったという。嘉子さんの要請でも強制でもなく、吉田満はみずからプロテスタントの駒込教会の牧師・鈴木正久と知り合い、カトリック教徒からプロテスタントに改宗することになる。これは日本ではめずらしい事例であろう。

教会に無縁な私などには、その間の事情を内在的に理解できないが、おそらく当時のカトリックの教理があまりにきびしく、根がリベラルな気風で家庭でも学校でも育ってきた満にとっては息苦しかったのであろう。その点、プロテスタントの教会には、満の育ちと共通なリベラルな思考があったのではないかと推測される。ただ、そのために、一時はきわめて近い存在として共感し合った今田神父との間は、ながく義絶状態にあり、ふたたび許された関係に立ったのは、満氏の死の病の床に就いてからであったと嘉子夫人は証言している。戦後世界のなかで、ローマ法王庁も、プロテスタントとの共存をはかり、寛容な思考に変化してきたためだという。

そうしたキリスト教内部のことよりも、戦後日本のスタートに当って、人々が信仰を求めたとき、それに応えうる存在は、一般にはキリスト教しかなかったということに注目すべきだろう。

神道は国家神道の解体が占領軍によって強制され、明治維新の排仏毀釈《きしやく》とは逆の風が吹き荒れており、仏教の各派も、寺院が戦災にあったところも多く、また仏教自体が〝封建遺制〟(当時の流行語)として清算されるべき制度の一環のように見えていたのであった。明治以降、キリスト教の伝来に対して、仏教もまた近代化の努力はあったのだが、それの再評価が進むのは後年のことである。

これに反し、キリスト教の場合は、内村鑑三や植村正久以来のキリスト教各派の伝統が戦争中の抑圧のなかを生き残り、戦後は占領軍の後押しもありアメリカン・デモクラシーの福音のシンボルのように輝いたのであった。

ラインホルト・ニーバーの哲学が、新鮮な思想体系として紹介され、しばらくすると、赤岩栄という牧師の共産党入党宣言が〝赤い牧師〟としてジャーナリズムの話題となった時代であった――。

学者・教育者の間でも、南原繁、矢内原忠雄から隅谷三喜男まで、キリスト者が輝いて見えた時代であり、旧制高校では聖書がポルノグラフィーと共に、英語を覚える近道だと教えられた時代であった――。

特攻出撃体験をもった吉田満が、戦後、キリスト教徒となり、第一義的に宗教的人間として生きたということはきわめて重要な事実であると思う。

吉田満は、昭和二十年十二月、日本銀行に入り、以後、生涯を日銀マンとして過ごした。当時、東大法学部の成績の優秀な学生は、司法や外交官の世界は別として、大蔵省・日銀を勤め先として選ぶのが通例であった。内務省もそうした志望先であったが、戦後は占領軍によって解体、分散させられた。

それは日本社会のなかで特権的エリートの世界であったが、吉田満が安定した市民生活を求めて日銀を選んだこと自体は、敗戦直後の窮迫した日本経済のなかで責められるべき選択ではない。

また、吉田満は「戦艦大和ノ最期」の一作によって、作家としての資質を認められ、日本の文壇は作家としての吉田満を期待していた。もし、吉田満が作家生活に入ったとしたら、「野火」を書いた大岡昇平、「雲の墓標」の阿川弘之と共に注目されたことであろう。

しかし、吉田満はその道を選ばなかった。平凡な市民生活、社会人としての義務と役割を果たす道を選んだのであった。同世代の人々にもその例は多い。三島由紀夫もともかく最初は大蔵省に入ったのだし、急進派のいいだももも最初は日銀に入ったが、すぐ結核療養所の患者となってしまい、彼の革命運動は療養所の患者闘争として始まる。

第九章　日本銀行という世界

ニューヨーク事務所

昭和二十年十二月、日本銀行に入行し、昭和五十四年九月、現職のまま亡くなった吉田満は、戦後の貴重な社会生活三十四年間を日銀で過ごしたことになる。その間、本店勤務と支店勤務を交互に経験し、支店では、岡山支店、ニューヨーク事務所、大阪支店、青森支店長、仙台支店長を経験している。

この中で、吉田満自身も充実した、新鮮な好奇心で生活し、仕事をした場所は、ニューヨーク事務所と青森支店のときだったように思える。周囲の人々も、輝いていた吉田満の風貌姿勢をさまざまな形で語っている。

東京高校以来の友人であり、日銀時代の同僚でもあった石原卓氏は、吉田満のよき理解者であり、観察者であったが、昭和三十三年秋、ニューヨークに勤務する吉田を訪れたときのことを次のように書いている。
「当時の前川駐在参事を助けてドスのきいた米語でてきぱきと事務所をとり仕切る傍ら、多くの米人を友としてダイナミックな米国社会の探求にあくなき情熱を燃やしていた満さんの姿」(『追憶　吉田満』)
また東京高校の後輩で、日銀でも初期に満さんに接した岡昭氏が、同じような印象を述べていることは興味深い。
「当時の吉田さんは、野心満々の青年行員であり、誤解を恐れずに言えば、ギラギラした体臭をもった人でありました。吉田さんの人生に於て、少なくとも表面的には最もアグレッシブな時期であったと思います」(同書)
〝ドスのきいた米語〟、〝野心満々〟、〝アグレッシブ〟といった形容からは、かなり共通したイメージが浮かんでくる。
多くの日本人が茫然自失していた戦後において、『戦艦大和ノ最期』を書き上げて、極限状況としての特攻出撃とそれからの生還が、若い吉田満に、他者の身代りとして充実した人生を生き抜こうとする野心をもたせたとしても不思議ではない。
とくに米国行きが決ったとき、かつて敵として戦った米国社会を根底から理解し、把握しようとする野心——あるいは戦闘心といってよいかもしれない——が芽生えたとしても不思議ではない。ニューヨークでの吉田満の仕事ぶり、生活ぶりは、おそらく最高度の知的好奇心を発揮し、どんらんにニューヨークのすべてを吸収しつつ、銀行マンとしてだけでなく、日本の知識人として振舞おうとしていたように見える。吉田満はニューヨークの芝居も絵画も音楽も、また危険なハーレムさえも好奇心と行動半径のうちにあった。

さらに、アメリカ人も含めた国際的なパーティなどで、戦争中はどこで何をしていたかというアメリカ人の問いに対して、戦艦大和に乗り組み、〝Radar Officer〟をしていたと応えると、アメリカ人たちは一様に、尊敬の念を表わす表情となった——といったエピソードは、吉田満を心から満足させたものであったろう。

この時代でも、日本人同士でゴルフとマージャンに時を過す人種もいたというから、吉田満の生活は、同僚や後輩からも際立って、ギラギラした、アグレッシブな態度を印象づけたのであろう。吉田満はあきらかに、かつて敵であったアメリカ社会に〝死者の身代り〟として、戦死した同僚たちに代って、相対そうとしていたのではなかったか。それは若さからくる過度の緊張と昂揚だったかもしれない。しかし誰がそのことを笑うことができよう。

青森支店長時代

ニューヨーク事務所の勤務が一九五七年二月から一九五九年一月の二年間、満三十四歳から三十六歳にかけてのことだったとすれば、青森勤務は一九六五年十月から一九六七年十二月の二年間、満四十二歳から四十四歳にかけてのことであった。

この青森支店長時代も、吉田満自身にとっては、未知の新しい経験であった。ニューヨークが世界に開かれた窓であったとすれば、青森は、東北という風土を通して日本という風土、日本の土地柄・国柄を考えこませるこよなき機会であったといえるかもしれない。

ニューヨークでは、折りから外遊中であった三島由紀夫との交遊が有名だが、青森の場合は、文学の面では、津軽と太宰治に惹かれたようである。どちらも、みごとな随筆が残されている。

けれども青森時代の収穫は太宰文学の発見だけではなかった。おそらく支店長という役職の故であろう、青森という土地の名士たちとの交遊が豊かに展開されてゆき、吉田満はその社交の世界を十分楽しんだようにみえる。また日銀の支店長ともなれば、大蔵省主税局の税務署長、警察庁の県警本部長などと共に、中央からの名士として定番の席が用意されているわけだが、吉田満の新鮮な好奇心と率直な性格、土地の歴史や風土への探求心が遺憾なく発揮されて、土地の有力者たちも、青森の産業振興に関して何かと相談したらしい。吉田満は頼り甲斐のある紳士であった。

それに四十歳代の吉田満はまだ若かった。彼はエネルギッシュに青森県内を隅から隅まで歩き廻り、ほとんど全土を踏破したらしい。下北半島も奥地まで足を踏み入れたという証言があった。吉田満の性格の中には、無類の人間好きな面、ひとなつっこい面があったが、青森県には、吉田満氏の死後も、「吉田さん」をなつかしむ人々が多く残っていた。私自身、吉田未亡人にご案内頂いて県内を廻ったとき、そのことが最も感動的な事実として印象に残った。

小牧温泉の御主人は、渋沢栄一の薫陶を受けた風変りな面白い実業家だが、吉田満さんとは隔意のないつき合いだったらしいし、また八戸市の重兵衛という寿司屋のご夫婦も、吉田満夫妻を慕う間柄のようであった。その他、青森市には吉田さんの助言のお陰で事業を軌道に乗せた経営者が何人も存在するようであった。

日銀青森支店長、それは古きよき時代の啓蒙専制君主のように、格式ある存在であり、人を得るときはその土地のよき助言者さらには指導者たりえたのであろう。

のちには支店長が自殺するという不祥事もあり、また現在では各地の支店長の公邸は、全部売り払ってしまったと聞くが、かつて啓蒙専制君主時代の格式も、無意味と捨て去るだけのものでもなかったと思う。すべてはひとによるのであり、時代の中でうまく機能するかどうかだと思う。

日銀という場所

私の書棚に深井英五著『通貨調節論』（日本評論社、昭和三年刊、昭和七年六版）がある。金融論などまったくわからない素人だが、深井英五は徳富蘇峰の弟子であり、民友社の同人として出発したジャーナリストであった。それがいつしか日銀総裁になったというから、ずい分変った経歴の人物であり、その回想録が出ていることも知っていたが、『通貨調節論』とは専門領域に踏みこんだ書物だという好奇心から購入したものである。

『通貨調節論』は、中央銀行である日本銀行の基本的役割であり機能である、通貨の発行という仕事と関連して、その通貨の安定的供給が如何に大切であるかということと同時に困難な仕事であるかを、第一次大戦後の状況と体験を踏えて、体系的、理論的に述べたものである。

その背景には、第一次世界大戦後のながびく不況と一九二九年の世界恐慌、また折りから、国際経済の重要課題である金解禁問題があり、日銀総裁の先任者でもあり、浜口・若槻内閣の蔵相を務めた井上準之助が、世論の反対（石橋湛山、高橋亀吉、小汀利得等）を押し切って列国同様の金解禁に踏み切り、金本位制への復帰をはかったが、その金融政策が未曾有の生活難と社会緊張をもたらし、英国が金本位制を止めたこともあり、再び金輸出禁止制に戻った。しかしそうした金融政策が恨みを買って、血盟団の小沼正に井上準之助が射殺されるという悲劇が進行していた。

深井英五はもともと学者肌ということもあろうが、同時に、徳富蘇峰と外遊後、時の蔵相松方正義に請われて秘書官となり、その能力を買われて松方の推薦で日本銀行に入っている。日露戦争のときは、高橋是清の補佐役として、ロンドンに赴いて外債募集に大活躍した。深井英五は終始、高橋財政の片腕であり、昭和十年、第十三代日銀総裁に就任するものの、昭和十一年二月二十六日の、いわゆる二・二六事件で高橋是清がクーデタ派の将校に射殺されると、翌年、総裁を辞し、戦時下はながく枢密顧問官として過ごし、敗戦の昭和二十年十月に没している。

井上準之助にしても、深井英五にしても、昭和の動乱期を生きた傑物であり、偉才であった。日本銀行には、当時活社会で縦横に腕を振う人物が蝟集していた。

こうした戦前の日本銀行に比べると、戦後の日本銀行は、例外はあったが、どちらかといえば、消極的で温厚な秀才や紳士の集団であった印象がある。大蔵省官僚の華やかな活躍や昭和三十、四十年代での日本興業銀行の多彩な産業界進出に比べて、日銀には話題性が乏しい。

法王と呼ばれた一万田《いちまだ》尚登十八代総裁、成長時代、民間経済人として三菱銀行から二十一代総裁になった宇佐美洵《まこと》などが話題となったが、純粋の日銀マンとしては〝前川リポート〟で有名になった前川春雄が、ニューヨーク駐在参事として、直接、吉田満の上司であった。

また満洲帰りの三重野康は、入行は吉田満のあとである。

宮内庁と外務省儀典課

こうした格式は高いが、もうひとつ実態の解らない日本銀行の内実に就いて、私はある日銀マンに、「要するに日銀という所はどういうところなのよ」と質問したことがある。

すると、どう見てもまちがって入行したとしか思えない、『三四郎』に出てくる与次郎張りのそそっかしいその男は、

「要するに、宮内庁と外務省の儀典課を合せたところと思えばまちがいない」

という迷言を吐き、その例として、ある海外支店長が、総裁が現地に赴いたとき、その宿泊先のホテルの近くで爆弾騒ぎがおき、総裁の誘導が不適切であったというだけで左遷されたという話を持ち出した。

話半分としても、日銀の体質の中に、一種の事大主義のあったことは事実であろう。

いずれにせよ、大蔵省や日銀の不祥事が明るみに出て、大改革のあった今日から見れば昔の話である。それにしても、大蔵省と日銀は第二次世界大戦での敗戦と占領によっても、揺がなかった日本国家の中枢である。陸海軍が解体され、内務省が解体・分散させられたのと比べて、大蔵省と日本銀行は、明治以来の体制がほとんど無傷のまま、温存されたわけである。制度疲労がたまったのもやむを得ないかもしれない。

そうしたなかで、吉田満は率直にいって、日銀内部では正当に評価されなかったように思う。それは吉田満が最初から「戦艦大和ノ最期」の作家として有名人であったことが禍いしているかもしれない。それは複数の同僚たちの証言からもうかがわれる。

三重野康氏は、早くから将来の総裁候補と目された人物だったが、満洲国帰りで学生時代から家族を養わなければならない境遇にあり、大相撲の部屋に下宿したとか、学生時代に行商の経験までしたとか、さまざまなゴシップのなかで、豪放磊落、豪胆な性格を失わず、瑣事に拘らず、親分肌でありながら、本人は行内での出世も気にせず、地道に国内畑の仕事を手がけていた。

『追憶　吉田満』では、ニューヨーク在勤の思い出を、「バーボン・ウイスキー」という短文で愛情をこめて先輩・吉田満を語っている。年来の友人の藤原作弥氏を通じて取材を申しこむと、当時、日銀理事であった三重野氏は即座に快諾して下さり、一夕、三重野さんの吉田満回顧談を伺うことができた。

「まあ、『戦艦大和ノ最期』は結構だけど、あとで書いたモノは余計だったのではないかな」

開口一番、吉田満の文学にズバリきびしい評価だった。「男は黙ってサッポロビール」風な男の美学を持っているであろう三重野さんらしい見方だが、私自身は賛成できない。「戦艦大和ノ最期」は誰にも書けない作品だが、吉田満は、そののちも、戦艦大和に関係する三部作と、「散華の世代」「戦中派の死生観」と、戦中派世代に関する以外のことを書いていない。それを余計とは言い切れない。

さらに三重野氏は、

「彼は人事のことを気にしすぎたのではないかな」

日銀マンとしての吉田満に就いて、ひと言、感想を洩らした。たしかに、他人の噂や評価を気にしない三重野流からいえばそうかもしれない。市ヶ谷の江藤淳邸でのパーティで初めて会ったときも、吉田満は私に対して、「君は何者であるか」という真正面からの問いをかかげて、私に質問を繰りかえした。それは文壇やジャーナリズムに対する、あくなき好奇心の表明であったが、正確な地図をもちたいという彼の意欲は、正当なもので、質問される私の方に不快感はまったくなかった。

吉田はある時期、人事課長を務めたことがあった。旧友の石原卓氏は、「彼の視点はどちらかといえば権威につながる縦糸の系列より資質は優れながらもとかくポストの枠から外れていく人々に愛情を注ぎ、彼等が日銀という組織にこだわることなく人間として成長していくことを支援した。在任中従来の職員考課表を改正した意図もその辺にあったように記憶している。そのような彼の人間味は女性を含めてとくに学歴のすくない職員層からも多くの敬愛を集めた」と吉田満の志を正確に語っている。

もちろん、人事への関心は人事課長時代だけのことではあるまい。どのような組織であれ、人事は根幹である。吉田満はかなり急進的な人事改革構想をもち、それを上司に直言したのかもしれない。それへの関心は一般的で、三重野氏のような天衣無縫、他人の眼を気にしないで、おのずからなる風格が滲み出る存在の方が例外的であったろう。

吉田満は温厚な性格と感受性の豊かさで、後輩やノン・キャリアの職員層から人望があった。その吉田満が、徐々に日銀の主流からはずれていったのは、上司のなかに、彼を最後まで庇い、引き立てる人物がいなかったためであろう。その点では、藩閥時代の指導者の方が青年を見る眼が自由で確かだったように思う。

しかしまた吉田満が「戦艦大和ノ最期」を書いた作家であり、その文学的資質が図抜けていたことが、銀行の上司に自分たちとは別人種と思わせたであろうし、吉田満もその名声をどう処理してよいかに慎重さを欠いた点があったかもしれない。

しかし、次のようなエピソードはどう考えるべきであろうか。あるとき、同世代の同僚たちが集まって、吉田満の月旦になったとき、某氏が、

「満のように過去に拘わっていたってしょうがないじゃないか。過去は過去、いまはいまさ」

と叫んだという。この台詞は、吉田満という存在をうっとうしく思う同僚が存在していたことを問わず語りに物語っている。

私はこの話を聞いて、無性に悲しかった。日銀のエリートという存在もこの程度の者だったのかと愕然としたのである。そして次第に心の底から公然たる怒りが湧いてきた。

過去は過去、いまはいま、まさに忘れっぽい日本人がいまと未来しか考えないから、いつまでも、真の文明人になれないのではないか。そして同じ過ちを繰り返すことになるのではないか。

太平洋戦争、大きくは第二次世界大戦での日本の失敗の教訓は何だったのか。かつて敗戦から数年の間は、この教訓は自明のことのように思われた。

しかし、戦後の日本が復興期から成長期に移るにつれ、戦争の教訓、失敗の教訓は、その苦味を失い、甘い進歩への幻想に変っていった。社会主義幻想を抱いた者も、現実の日本社会に先進社会幻想を抱いた者も、どちらもお調子者に過ぎなかった。バブルに浮かれバブルに破れた日本は、また敗戦かと極端なペシミストに変っていった。

近代日本帝国の栄光と挫折、日露戦争の勝利という成功が、結局、太平洋戦争での敗戦につながっていった過程を省みるとき、その歴史の教訓に学び、祖国のために散った人々を祭る言葉を

失ったからこそ、今日の混乱があるのではないか。「戦後日本に欠落したもの」とは、私が編集者として吉田満氏に書いて頂いたエッセイの表題である。私はこの吉田満氏の心境に心からの共感をもつ者であり「過去は過去、いまはいま」といった発想に全身を賭けて反対する者である。吉田満の「戦艦大和ノ最期」は文学以上のものを含んでいる。それは何億分の一の奇蹟に支えられ、戦艦大和の最期を通して、大日本帝国敗亡の瞬間を記録した、近代日本の遺書であり、後世代に寄せるメッセージなのである。

その象徴を背負ってしまった生身の吉田満の生きることの辛さ、そしてそうした存在が身近にあることの重さを正視しなかった日本銀行の幹部や同僚たち、最近の不祥事を含むバブル発生と崩壊の物語は、吉田満が、「戦後日本に欠落したもの」で指摘し、予感したものが現実となったといっても過言ではあるまい。

国庫局長から監事になった吉田満は、日銀での自分の先行きを悟り、静かにその重心を執筆活動に移していった。そしてまた日銀のトップを始め周囲は、〝文豪〟吉田満にはそうした時間的に余裕のあるポストがふさわしいと判断し、日銀百年史の編纂担当を命じたのであった。多くの企業や団体、組織で百年史編纂が一種のブームとなっていた。

ただ歴史を編纂するということが、いかに現実と関連するかを忘れ、歴史編纂は閑文字をもてあそぶ人々の世界と考えている幹部が多い。

けれども、日本でも古事記、日本書紀以来、歴史編纂は統治の正統を正すことにあり、指導者は聖徳太子以来、自らの歴史的自覚の上に行動し実践するとき、おのずから道が拓けるのである。この原理・原則は、単に国家のレベルだけの問題ではない。

ともかく、吉田満は日銀の監事在任中に病いに倒れ、昭和五十四年七月三十日、厚生年金病院に入院し、九月十七日早暁、肝不全で亡くなった。病床で妻・嘉子に口述筆記させ筆を加えた「戦中派の死生観」が絶筆となった。

九月二十日、山本将信牧師の司式により東洋英和女学院マーガレット・クレイグ記念講堂で葬儀が行われた。葬儀委員長は東京高校以来の旧友で日銀の同僚であった石原卓氏であった。

終章　大和神社紀行

平成十六（二〇〇四）年八月初旬、私は年下の友人二人の好意で、奈良大和路にある大和《おおやまと》神社に参詣することができた。A君がスケジュールをつくり、B君がベテランのドライバーとして、レンタカーを借りて、かなりな範囲の地域を走り抜けて、豊かな収穫を得た。

一行は前日、京都で落ち合っておいしい京料理を堪能し、翌朝早く、京都駅から近畿日本鉄道線で奈良に出た。奈良駅の近くでレンタカーを借り、真っ直、目的の大和神社に向ったのである。大和神社は天理市にあり、大和路にある多くの神社のひとつ。大神《おおみわ》神社や檜原神社、あるいは、多くの天皇陵と共に、日本の神話時代の古層を形成する。

文藝春秋のA氏に、「なかなか風情があってよかったですよ。戦艦大和の祠もありますし」と旅行談を聞かされたとき、フッと旅情を誘われた。和辻哲郎の『古寺巡礼』や会津八一の『鹿鳴集』以来、奈良といえば法隆寺から薬師寺までの仏像の話題が中心である。近代知識人の定型的道行きを避けての神社めぐりは、私の気をそそった。

戦艦大和の象徴性は、大和の国の成り立ち、ヤマト政権の成り立ちとつながっている。武蔵よりも大和という言葉の響きに日本人が郷愁を感ずるのは、おそらく日本国家、あるいは日本民族の原型とつながるからであろう。その日本人の故郷を訪ねる旅のなかで「戦艦大和ノ最期」について、また吉田満の生涯について、そしてその時代について感じ、考え、祈ることで、この文章を終えようと思ったのである。

観桜会

ただ、吉田満自身はどうも大和神社で催された四月九日の慰霊祭には出席しなかったようである。クリスチャンとして何かの拘わりがあったのか？　嘉子夫人に尋ねてみたが、「いいえ、靖国神社の集まりには出かけていましたから、神社信仰への拘わりはなかったようです。ただ靖国神社に出かけるときも、カミさまにお参りするというより、戦友に会いにゆく、といった感じでしたけれど――」との話である。

とすると、三千人を越える大和の乗組員である。さまざまなネットワークがあり、多様な慰霊祭の形があったのであろう。「京都の仁和寺の観桜慰霊祭には、文章にありますように出かけていましたから」と嘉子夫人の言である。

私は満さんが亡くなる五カ月前に行われた「観桜会」の文章（『季刊藝術』一九七九年夏季号）を改めて読み直してみた。かつて読んだときには、澄み切った、はかないまでの桜の美しさが印象に残ったのだが、今回読み直してみて、吉田満の疲労を伴った絶望感が感じられて、病いが潜行していたとはいえ、戦後日本への公憤と絶望がいかに深刻なものかを悟ったのであった。

この文章のほぼ一年前、私自身「戦後日本に欠落したもの」という文章を書いて頂いているのだが、まだそのころは、日本人のアイデンティティーの欠如を痛烈に批判しながら、疲労感は表面に出ていなかった。

この文章も書き出しの描写はこよなく美しい。

仁和寺の桜は、七分咲きくらいの見頃であった。四月十四日といえば、京都では大方の桜がすでに盛りを過ぎているのに、御室桜の名で知られるここの桜は、また遅咲きでも知られ、まして土曜日の午後とあれば、あふれるような観桜客を集めていた。

日が暮れかかって、花は重たいような、なまめかしいほどの夜の風情を、大地に向けて漂わせはじめていた。背の高い木は一本もなく、どれも四肢を踏まえて低くかがんだ枝振りである。そのあいだを縫って、三々五々、われわれはしばしば足をとめながら歩いた。

われわれ、というのは、海軍四期予備学生の同期のことである。毎年春のこの時期に、関西在住の仲間が京都に集まって、花見と慰霊祭を兼ねた会を持つようになってから、数年になる。今年の参加予定者は百五十人をこえ、今までにない盛会だという。私は、はじめての経験であった。慰霊祭のあとで、一時間ほど話をするように幹事から命じられて、この日の午後、東京から新幹線で着いたばかりであった。

同期生の集まりに、夫人たちの参加がめっきりふえてきた。（略）亭主の方は、ごく少数の元気ものを除くと、紛れもない初老の男ばかりである。まだ髪は黒く童顔な奴でも、久しぶりに仲間と会えば競いたって蛮声を張りあげようとも、五体の芯に溜った疲れはかくしようがない。われわれ戦中派世代はここ数年で定年年齢を過ぎて、新しい人生に踏み出したはずだが、それと同時に、戦争が終ってからの三十年余りの人生の重みが、今更のように背中にのしかかっている実感がある。老朽船はもうひと働き新しい航海に出直そうと気分を引きしめても、サビついた錨が磐石の力で船脚を捉えて放そうとしないのである。

〈ここで疲労の描写が繰返されている〉

われわれがこうして集まるのは、過去がただ懐しいからではない。われわれは戦後の時代を生きてきて、奥深いところで満たされていないことを知っている。それぞれ自分の言動に釈明は出来ても、重大なことに道を過った悔いがある。生き残ったものに課せられた仕事を、怠ってきたのではないかという苛立ちがある。その不甲斐なさの共感が、仲間同士くり返し集まって語り合いたいという衝動にかり立てるのである。

〈ここから世代論に移るが、また悲観論である〉

大正生れは短命だ、と最近説くものがある。明治生れは、なんのかのといいながら、普通にいけば八十までは固い。どうかすると、九十近くまでいく。しかし大正は精々七十まで。若い頃からの心身の使い方がちがう。ある時代、自分たちの世代が天下をとったという充実感がない。最も生甲斐を感ずべき年齢の時は、戦争の第一線にいた。戦後ゼロから始めて、粒々辛苦して、高度成長の頂点で働き盛りを迎えた。したがって、高度成長の咎めも、一身に受けるべきめぐり合わせにある。これは、恨み言としていっているのではない。恨みをぶつけようにも、相手がない。ただ、戦争で死んだ仲間の視線から、身をかくすすべがないこと、彼らに顔向けできないことが、辛いのである。戦後三分の一世紀。戦中派世代の時代は、はっきりと過ぎ去った。もはやわれわれの中から、新しいものは生れない。無駄に、生命だけ長らえるようなことにはなりたくない。大正生れ短命説が、大正生れの間でいよいよ有力であるのは、根拠のあることなのである。

〈こう悲観論を述べたあと、満さんがこの観桜会で述べた講演の内容に触れる。そのトーンは極端に自己抑制的でありながら、「戦艦大和ノ最期」の画面が、生涯焼きついて離れなかったこと

を物語っている〉

満さんは三人の男の話をしたのである。満さんの同期であり、「大和」で沖縄に出撃して死んだ戦友。三人はそれぞれ関西、殊に京都に縁がある。

この席には、学生の頃から海軍時代を通じて、彼らと親しい友人だった仲間も、大勢来ているにちがいない。三人のことは、もちろん私の戦闘記録に書いてある。しかし本人がじかに話をすれば、活字になったものとは違う話が聞けるだろうと、聴衆は期待するらしい。はっきり私にそう言った出席者も、なん人かいた。三人の男のことを、彼らを知りつくした友人にむかって話すのは、語り手として本望と思うべきなのであろう。しかし、これまでなかったことだが、自分のごく身近な戦闘配置で死んでいった仲間のことを語るのが、今日は心苦しくてたまらないのである。

〈死者の身代りの世代と自己命名した満さんにとって、みずからの僥倖を身のすくむ想いで振り返っている青年の純情さがここにはある〉

三人の男とは、

西尾辰雄は、京大農学部出身の美青年であった。戦闘中、艦橋の配置で私と肩を接して立直していたが、機銃弾を脚に受け、出血多量でほとんど即死した。あとには、身寄りのない、ただ一人の妹さんが残された。

松本素道は舞鶴出身で、東大経済に学んだ。北の海の育ちらしく、質実で優しい男だった。詩を愛し、興がむくと、フランス語で詩を書いた。「大和」が沈む十分前、艦が急速に傾斜を増しはじめた頃、下の配置からラッタルを上ってきた彼と、出会った。「もう俺達も時間の問題だな」そう呟く表情は、さめた諦観をたたえていた。

森一郎、三高から東大へ行き、東大の学徒出陣組の代表として壮行会で答辞をよんだ。酒が強く、気風《きっぷ》がよく、水泳の達人だった。艦が沈没するまで、遮蔽物のない吹きさらしの防空指揮所で、艦長付として健闘した。声をからして兵たちを激励するのを、私自身くり返し聞いている。最後に海中に飛びこみ、立泳ぎをしながら指揮をつづけた。目撃者は沢山いる。それなのに生還しなかったのは、おそらく機銃弾によって、その前後に致命傷を負ったためとしか思えない。戦後、父上と姉が亡くなり、一人残された母上のいとさんは、今年の二月、九十歳で亡くなるまで、ただ息子の菩提を弔うためにだけ、生きてこられた。耳は聞こえず、筆談を試みても文字が目に入らず、唯一の関心は、飽きずに息子の想い出を語ることであった。息子さんは特に優秀だったから、選ばれて危険な作戦に参加したのだと慰めると、優秀なんかであってほしくなかったのに、と新たな涙があふれ出た。

〈こう三人を語ったのち、生き残り、集った自分たちに、きびしい自戒の言葉で文章を締めくくっている〉

戦争に生き残ったものが、今のこの安気《あんき》な時代に飽食して、盛りの花を愛でて、短い法要をすませた安堵感に身を任せて、死者への挽歌をうたうべきではない。どのような言葉を駆使しようと、どのような表情を装おうと、彼らの死の光景、死を迎えた時の心情、その生と死の意味について、得々と語ることは許されない。西尾。松本。森。格別に親しかった仲間にむかって彼らの想い出を語ろうとした時、三人の男は、死者としてではなく、眼の前に生きている人間のように、生き生きと蘇った。蘇った死者は、賞讃も慰藉も必要としない。われわれは、ただ沈黙するほかはない。

これは不思議な文章である。死者を語った自分を自己否定し、沈黙した吉田満は、それから三カ月後に入院して、二カ月後、死者たちに招かれるように亡くなった——。

吉田満が亡くなった十年後、一九八九年、バブルという飽食時代が狂いはじめ、日本はもう一度、崩壊という敗戦を経験する。吉田満の絶望と公憤は、そのことを予感していたように思われてならない。

一九八九年は、昭和天皇崩御の年であり、ベルリンの壁崩壊という冷戦終結の年でもあった。

随筆「観桜会」のあと、吉田満は「病床から」(西片町教会月報)という教会員たちの見舞いへの御礼状、遺稿となった「死者の身代りの世代」(『諸君!』一九七九年十一月号)で、鶴見俊輔、司馬遼太郎への反論風の随想、そして病床で妻・嘉子に口述筆記させ加筆した「戦中派の死生観」(『文藝春秋』同年十一月号)という絶筆の三篇を残した。

絶筆の「戦中派の死生観」は苦痛の絶頂で渾身の力を振りしぼって述べた想念なのだが、その短かい文章も途中から思い出した詩の言葉の何行かを述べて終っている。散華の世代、死者の身代りの世代、戦中派、と自らの世代をさまざまに定義し、その宿命を凝視しつづけた吉田満は、まさに死者の身代りの世代という自己を見つめ続けて生き、そして死んでいったのである。

大和神社

奈良駅から天理市に入り、天理教の本部の特徴のある高層建築を通り過ぎ、市街地から田園風景のある郊外に出て、しばらく走ると、雑木林に突き当った。その奥が大和神社のようだったが、どうも我々は神社の脇腹の地点に入ってしまったらしい。本来の参道はかなりながいものであったが、我々は林を抜けると本殿と社務所などの建物が存在する大和神社の中心地に出てしまった。

大和神社の境内はそれなりの広々とした空間を成していたが、格式を誇示するといった偉容を感じさせず、むしろ素材で古拙な社《やしろ》であった。今日では市街地から離れた田園地帯にあるのだが、かつて神話時代のヤマト政権成立のころは、大和神社という鎮守の森を中心として、ヤマト氏族社会の中心に位置していたかもしれない。

内藤湖南は「日本の歴史を知るためには、応仁の乱以降を調べるだけで十分であり、それ以前は外国の歴史のようなものだ」と述べたことで有名だが、その湖南が『日本文化史研究』の中で、「近畿地方の神社」という一項目を設け、近畿地方には天照大神神社という名の神社が多いことに、世人の注意を喚起している。神社の存在は、仏教渡来以前、あるいは日本語成立以前の、日本社会の姿を問わず語りに語っており、神社の形態、配置、分布などから逆に歴史を想像してみることも楽しい作業である。

戦艦大和には、大和神社の御神体を分祀してあったというから、大和が完成して進水したときには、使者が立ってこの神社まで詣でたのであろう。

大和が特攻出撃で沈没した四月七日には、戦後、毎年慰霊祭が行われ、そのときには境内にテントを張るほど盛会だったという。

「その慰霊祭も今年（二〇〇四年）は生存者二名、遺族十五名という寂しいものでした」とは社務所の話である。さすがに半世紀以上経ち、関係者も年々減っているのであろう。人間の記憶はそうして薄れてゆくものなのだろう。

本堂の壁には、戦艦大和や武蔵の最期を歌った琵琶歌が掲げられていたが、記述はいささか不正確な感を否めない。しかし、大和の記憶はさまざまに語り伝えられていっているのであろう。吉田満の記録は学徒出陣の学徒兵の記録である。それも奇蹟的に残された記録である。歴史は記録されたものだけが残る。大和の物語も、いつか、多くの記録や研究が積み重ねられ、また自然淘汰されてゆくのであろう。私はさまざまな歴史の横顔を思い浮かべながら、深々と頭を下げた。

吉田満の信仰生活

第八章で述べたように、吉田満は特攻出撃という極限状態を体験したことで、戦後には心の平安を求めて、クリスチャンになった。特攻体験の思い出は、「観桜会」の文章や遺稿や絶筆を見ても解るように、吉田満の頭に、間断なく、夢魔のように訪れた。そのたびに、吉田満はその悪夢を振り払いながら、平常心を取り戻そうと努めていたことが解る。吉田満は、なによりも宗教的人間として生きたのであり、職業的文士となることはなかった。そしてまた、職業としての日銀生活も第一義的な教会生活の意識の下にあったと考えるべきであろう。

吉田満の執筆生活は、教会との間では終始変ることなく続けられていたのである。それには、鈴木正久という牧師への敬愛の念も作用したかもしれない。のちに鈴木正久牧師が亡くなったとき、吉田満は鈴木正久著作集を実現するために尽力している。その鈴木正久牧師は、教団総会議長の名において「戦争責任についての告白」という衝撃的な発言をされて教団内部で話題を呼んだ方である。

戦時下にあって、クリスチャンとして戦争を防ぐために何もできなかったという消極性に自分の戦争責任があるという告白で、こうした告白は自己をどこまでも責め立てて苦しい立場に追いこむ性質のものだが、鈴木牧師も自分にはきびしい人であったのだろう。吉田満の信仰生活は、この鈴木牧師と嘉子夫人と共に歩んだことで、生涯、安定したものであったように見える。

ただ、こうした事例は敗戦直後の例外的なものであったことも確認しておくべきだろう。日本の急進主義者の多くはマルクス主義という無神論に流れ、多くの保守的な市民層もまた、経済成長という無神論に安住してしまった。

敗戦直後、占領軍によって国家神道が禁止、解体され、日本の多くの神社は受難期を迎えたが、その困難な時期を乗り越えて、神社は民間の支持によって復活した。世界の中で、民族固有の信仰が、日本のようにいまも活きている国もめずらしい。

また戦禍によって荒廃した寺院も、日本社会の復興と共に修復され、さまざまな新興宗教を含めて、教団活動は活発になり、それにつれて、日本仏教史の研究もまた甦っていった。さらに日本の民間信仰についての民俗学的研究や発掘が発展し、また国際交流が盛んになるにつれ、比較宗教史的研究もさまざまに試みられた。とくにキリスト教と仏教の比較史的研究で、日本の鎌倉仏教とキリスト教の宗教改革の類似性が指摘されたことは注目されてよい。

こうした過程のなかで、キリスト教団も次第に思想的活力を失い、外部への発信能力を失っていったことも客観的事実であろう。

私のように、家庭環境からも、学校環境からも宗教的色調の乏しい人間は、宗教への思想的・歴史的関心を抱きながらも、入信するという飛躍の機会をもたずに人生を過ごしてしまった。

それでも、若い頃には神社の前で礼拝をすべきかどうか、迷った懐疑的な時期もあったが、やがて街の共同体への参加は儀礼として肯定されてよいだろうと思うようになり、また、旅行に出て寺社への参詣にも自然に足が向くようになった。それは寺社への景観的・歴史的関心が主なのであるが、そこに何がしかの礼拝の意識が含まれることも事実である。

やがて、「日本の神仏混淆がながい平和を生み出したのではないか」という発言や「明治神宮は東京人にとっての鎮守の森ではないのか」といった歴史学者の見解にナルホドと思うのである。古典ギリシアも八百万の神々の国であったとすれば、日本古来からの多神教的無原則さにも寛容な視線で対してもよいのではないかと思うようになった。

　私が大和神社紀行を思い立ったのも、こうした心理的背景があったせいかもしれない。

　我々三人は、大和神社から、大神神社に向った。大神神社の方は、小高い山の頂上に摂社があり、敷地も広く、全体に格式も高く、ある偉容と荘厳さを感じさせる。大神神社には御神体はなく、本堂のある頂上から見渡せる、大和の三輪山の眺望に向って礼拝するのが習わしであるという。

　司馬遼太郎さんは、自分が大和の三輪山の出身であることを、恥らいの表情を浮かべながらも誇らしげに語ることがあった。たしかに日本人の故里の原型ともいうべき大和の三輪山の出身であることは誇ってよい事柄である。三輪山を想うことで、日本歴史の眺望はいっぺんに展ける。司馬遼太郎のような、現代の歴史の語り部が出現したことも、祖国のかたちを忘れかけた日本人へのカミサマの贈りものであったかもしれない。

宣長という存在

　我々三人は、真夏の日照りを考えて時間を残し、大神神社の傍らにあったそばやで冷むぎを食べ、奈良の町に帰り木陰のある奈良の屋敷町の志賀直哉の旧宅を見物して奈良ホテルに戻った。

翌日は、柳生の里、伊賀上野といったこの地方の肥沃な田園地帯を車で走り抜け、上野から電車で榊原温泉へ出て一泊し、翌日、伊勢松阪の本居宣長記念館で旅行を終えることにした。このことは改めて考えてみると、なかなか含蓄のある判断であった。

大和神社や大神神社という仏教渡来以前の面影を伝える社に詣でたあと、日本語の成立の解明に、もっとも情熱を傾け、近世の実証的学問としての国学を樹立した世界的日本人（吉川幸次郎氏）の足跡を辿ることは意味のあることである。

松阪は商人の町であり多くの豪商を生み出しているが、本居宣長の家も、その系譜のひとつであり、宣長自身は医学を修めて生涯医者として生計を立てた。

その有名な鈴ノ屋という書斎を含む二階建ての民家は、今日、町なかから、松阪城跡に移築されて城下を一望の下に見下す絶好の場所に、記念館と共に存在している。

吉川幸次郎は一九七五年『仁斎・徂徠・宣長』（岩波書店）という著書を公けにしている。中国古典の文献学者として有名な吉川京大教授は、日本古典にも精通し、近世の儒者・国学者の中で、この表題の三人を国際的学者、世界的日本人として評価している。

日本の歴史を辿ると、聖徳太子という思想的・政治的・外交的指導者を生んで以来、奈良・平安時代においても、芸術的・宗教的表現に卓越し、鎌倉時代以降も多くの宗教的天才を生み、室町・戦国期には日本でのルネサンスを実現し、徳川期には国際的儒者を生んだ。日本人は古来の神道の上に、仏教と儒教の受容能力に卓抜さを発揮した。

そして、近世でのキリシタン文化の受容、近代でのキリスト教の受容でも、卓越した能力を発揮したのである。韓国と比較して人口においてキリスト教徒の少なさを指摘する人もいるが、内村鑑三や植村正久、波多野精一や岩下壮一（カトリック）などの達成し到達した認識や信仰の深さは、国際的に考えても高い水準にある。

神の恩寵により、特攻出撃から奇蹟の生還を果たし、一夜にして「戦艦大和ノ最期」を記録した学徒兵・吉田満は、そのことによって幾重にも象徴的存在となった。そのことは生身の吉田満に過重な責任となり、時に多くの試錬や困難を与えたが、吉田満は自らの生きるべき道を堂々と生き、最期まで信仰者として、死者の身代りとしての愛国者として生き抜いたのであった。今日、五十六歳といえばまだ若い。しかし、他人の何百倍もの体験と極限状況を生きた吉田満の生涯は、重くながい歳月であり、彼自身、身体の芯が疲労困憊していたのであろう。吉田満は自らの人生の義務を十分に果たし、崩れ折れるように倒れたのであった。

それは典型的日本人として、現代人として歴史に恥じない生涯だった。

附　「戦艦大和ノ最期」の構成と魅力の源泉

作品の構成

　この作品は、戦艦大和に昭和十九年末から、副電測士として勤務した吉田満少尉が、大和の特攻出撃の全過程を詳細に綴った戦闘記録である。本来、作品について読むべき事柄だが、読者のための案内として、本文を引用しながら作品世界を味わってみよう。

　全体は二十九章に分かれ、最初の八章が出港から開戦直前まで、次の十五章が、巨艦大和が計千機、八波の米軍機の空爆により轟沈、自爆するまでのクライマックス、最後の六章が、何億分の一の奇蹟で生き残った吉田満ら、数百名の将兵の漂流から生還までと、感懐片々という最終章から構成されている。

　この空前絶後の文章の特徴は幾つか数え上げることができる。

　第一が、最初から最後まで冷静無比な客観描写で貫かれていることである。あの衝撃的な体験、文字通りの修羅場、あるいはそれを超えた地獄図絵を、これほど明晰な意識で認識し描き切った精神の強靭さは驚嘆に価する。

第二に、自己の周辺の人物たちが、司令長官の伊藤整一をはじめ、生き生きと描かれ、その行動の細部までさもありなんと思わせる説得力を持っていることである。

第三に、繰り返される敵機の波状攻撃を通して、米軍の能力の卓越さ、勇敢さに次第に感嘆し、日本側の幹部将校も「敵ナガラ天晴」という感想を抱く。自らの敗北と死を前にして、これだけの武士道的な余裕をもっていたことを証言することで、作品自身の気品を高めている。

第四に、作者自身の不屈の闘志と正確な状況判断がみごとで、読む者もその次元まで高められる。敵の攻撃がやんだ僅かな小休止の時間、作者は初めて空腹に気づき、ポケットの羊羹、ビスケットを食べる。「ウマシ　言ハン方ナクウマシ」という台詞は、読者にも万感の想いを掻き立てる。この若さと強靭な心身が作者を生かしたのであろう。

第五に、それにしても、主人公吉田満少尉が生還できたのは、戦闘、大和の沈没と脱出、そして漂流という三つの段階において、幾重にも重なる偶然が吉田満の生命を支えたからであろう。これは誰にも説明できない、偶然、神の摂理、であろうか。このことが、戦後の吉田満のキリスト教信仰につながる、と考えてよいだろう。

「大和」出撃の背景——物語の発端

こうした構成と特徴を頭に入れた上で、実際の文章を引用しながら「戦艦大和ノ最期」の世界を味わってみよう。

＊

この大和の特攻出撃は米機動部隊の沖縄本島上陸に対する反撃作戦として行なわれた。沖縄を占領されれば、もはや本土決戦しかない。沖縄方面の牛島満司令官率いる陸軍が玉砕覚悟の守備であったとすれば、それを掩護する形で、海上部隊と航空部隊が行なった、日本軍の最後の組織的軍事行動であったといえよう。

帝国日本は、沖縄攻防戦に死力をつくして戦ったのであった。本来、合理的な見方をすれば、サイパンが陥落したとき、日本は降伏すべきであった。そうすれば沖縄も日本本土の多くの都市も救われたのである。

しかし、帝国日本という軍事国家が崩壊するには、最後の一滴までその軍事力を使いはたさねばならなかったのであろう。そのために沖縄の人々はたいへんな惨禍に遭った。同時に、日本の青年たちも特攻の名において、絶対的な死を覚悟しなければならない戦闘に駆り立てられたのであった。

作戦として愚劣なことは最初から明白であった。事理をつくして反対した司令長官の伊藤整一に対して、参謀としてやってきた同期の旧友・草鹿龍之介が、「要するに死んでくれということだ」とつぶやき、伊藤も「それなら話は別だ」と納得したという。

この判断は帝国日本の敗亡に際して象徴としての「大和」を沈めることで帝国海軍の最期を飾ろうではないかという意味だろう。是非善悪は別である。それが昭和に生き残った日本の武人の美学だったのであろう。

碇泊

昭和十九年末ヨリワレ少尉、副電測士トシテ「大和」ニ勤務ス

二十年三月、「大和」ハ呉軍港二十六番浮標（ブイ）ニ繫留中　港湾ノ最モ外延ニ位置スル大浮標ナリ

来ルベキ出撃ニ備ヘ、艦内各部ノ修理ト「ロケット」砲、電探等増備ノタメ、急遽「ドック」ニ入渠ノ予定ナリ

物語の発端である。こうした日誌風の記述で始めたことが、この作品を正確な記録として成功させた所以であろう。

同時に東京高校からの旧友石原卓氏の証言によれば、開戦時に戦争に批判的であった吉田満は

「大和」に乗り込むころから変ったという。石原氏はいささかこの「転向」に懐疑的であったが、祖国存亡の秋《とき》、「大和」に乗り込むことになった青年将校が勇敢な戦士に転向したことは私には当然と思える——。

二十九日早朝、突如艦内スピーカー「〇八一五（午前八時十五分）ヨリ出港準備作業ヲ行フ
出港ハ一五〇〇（午後三時）」
カカル不時ノ出港、前例ナシ
サレバ出撃カ
通信士ヨリ無電オヨビ信号ノ動キ激シ、トノ情報トドク
ワレヲ待ツモノ出撃ニホカナラズ　入渠準備ト称シテノ碇泊モ、真実ハ出動ノ偽装ナラン
十日前、敵艦載機七十機ノワガ艦隊ヲ飛襲セルハ、出撃ヲ予知シテノ先制攻撃ナルベシ

まさに「大和」の特攻出撃は最初から最後まで味方航空機の掩護のない、敵航空戦力との戦いとなる。

我ラ如何ニコノ時ヲ期シテ待チシカ
我ラ国家ノ干城トシテ大イナル栄誉ヲ与ヘラレタリ　イツノ日カ、ソノ証シヲ立テザルベカラ

ズ（略）

出撃コソソノ好機ナリ
マタ日夜ノ別ナキ猛訓練モココニ終止シ、過労ト不眠ノ累積ヨリ我ラヲ解放セン

本篇の記述は建て前と本音の双方が、微妙に組み合わされているのが特徴である。

時ニ米機動部隊沖縄諸島攻撃開始後、僅カニ六日　慶良間列島上陸ハ三日前ナリ
作戦ハ恐ラク同方面ニ発動セン
風評シキリニ艦内ニ流ル（略）
作戦海面何処《イツコ》　「大和」ニ従フ僚艦ハ何　艦隊編成如何
進ンデ決戦ヲ求メ、米艦隊ト雌雄ヲ決セン

尉官クラスには、真相はまったく知らされていない。作者の空想が実現していれば、敗けたとしても、もっと戦い甲斐はあったというべきだろう。

外舷ヲ銀白一色ニ塗装セル「大和」、七万三千屯ノ巨体ハ魁偉ナル艦首ニ菊ノ御紋章ヲ輝カセ、
四周ヲ圧シテ不動磐石ノ姿ナリ

出港

一五〇〇（三時）「大和」出港　艦静カニ前進ヲ始ム　出港ハ港内ニ本艦一艦ノミ
秘カニシテ悠容タル出陣
碇泊中ノ僚艦ヨリ、千万ノ眼《マナコ》、無言ノ歓呼ヲコメテ我ラニ注グ
ワレコソ彼ラガ輿望ヲ担フモノ　一兵マデモ誇ラカニ胸張ツテ甲板ニ整列ス
想ヘバ、巨艦往ツテ再ビ還ラザル最後ノ出港ナリキ

こうした叙述が「大和」の運命への一体感を読者に与え、「大和」の世界に誘いこむ。

艦長、幕僚（艦隊参謀）ト作戦討議ヲタタカハス
海図台上ニ赤表紙、分厚ナル書類アリ　背文字ハ太ク「天一号作戦関係綴」
「天」号作戦トハ「回生ノ天機」ノ意味ナランカ
米軍総力ヲ挙ゲテノ沖縄殺到ヲ前ニ、天ハ戦勢挽回ノ神機ヲ与ヘントスルヤ
海図ハ沖縄本島周辺ノ詳細図数枚ヲ重ネタリ
「コンパス」ヲ「大和」主砲ノ射程四十粁（縮尺目盛）ニ合セ、米軍上陸想定地点ヲ中心ニ海
図上ニ弧ヲ描ク　上陸軍砲撃時ノ本艦予定針路ナルベシ

「コンパス」ヲ握ル参謀ノ爪、力コモッテ白ク濁ル

この迫力ある描写、副電測士の吉田満は終始、「大和」の幹部たちの身近にあって、彼らの一挙手一投足を観察できる場所にいたのである。

次の「待機」と題する章に、二世の中谷少尉、あるいは伊藤整一司令長官の真意について、悲痛な記述があるが、いずれも、別の長篇に詳細に書かれているので省く。

呉軍港を出港した「大和」は、三田尻沖に仮泊、待機することになる。

待　機

ソノ間、数日ノ休息ニ回天ノ英気ヲ養ヒ、無我ノ心境ニ必死ノ闘魂ヲ磨カントス

総員集合　戦闘略装ノママ総員上甲板ニ整列

管制下ノ暗夜、鎮マル三千名ノ呼気

艦長、天一号作戦ノ目的——（米沖縄上陸軍ノ迎撃）、本艦ノ使命——（出動艦隊ノ根幹）ヲ述ベラレ、全海軍ノ期待ニ応フベク、総員ノ奮起ヲ切望セラル

副長「時至ル　神風大和ヲシテ真ニ神風タラシメヨ」（略）

四月一日　米軍沖縄本島上陸　同日夕、一部飛行場ヲ占領

二日　米機動部隊近接（略）

三日早朝、米軍来襲ノ報（略）内燃機関ヲ暖メテ待機ス

（略）

午後、ラヂオ情報頻リニ入ル　本土ノ各地、熾烈ナル空襲ヲ受ケッツアリト

「シバラク待テ」　心ニ叫ビテヤマズ　我ラガ出撃奏功セバ、銃後ノ惨禍ヲ些カナリトモ軽減シ得ベキモノヲ

敗戦の八月十五日から四カ月半前、四月の状況が、実感として伝わってくる。私もその銃後の東京で空襲を体験しつつあった。

四日早朝、米機来襲ノ報　配置ニ就ク

（略）

沖縄本島ノ戦況ニ関シ大本営発表アリ　上陸米軍ハ着々戦果ヲ拡大シッツアルモノノ如シ

コノママニ推移セバ、最後ノ血塁ト頼ム沖縄本島モ、失陥ハタダ時間ノ問題ナリ

沖縄喪失ハスナハチ本土決戦ナリ　現兵力ヲモッテ本土決戦ヲ呼号スルモ成算全クナシ

我ラヲ待ツモノ、タダ必敗ノミカ

胸中火ノ如キモノアリ　本作戦ノ使命、ソノ重責ヤ如何ニ

訓練休憩中、「桜、桜」ト叫ブ声　見レバ三番見張員ナリ
見張用ノ定置双眼鏡ヲ陸岸ニ向ケ、目ヲ当テシママ手ヲ上ゲタリ
早咲キノ花ナラム
先ヲ争ッテ双眼鏡ニ取附キ、コマヤカナル花弁ノ、ヒト片《ヒラ》ヒト片《ヒラ》ヲ眼底ニ灼キツケントス
霞ム「グラス」ノ視野一杯ニ絶エ間ナク揺レ、ワレヲ誘フ如キ花影ノ耀キ
桜、内地ノ桜ヨ、サヤウナラ

絶妙なる描写。こうした観察の挿入が本篇の白眉である。それにしても吉田満は桜の描写がうまい。死ぬ直前の文章「観桜会」を見よ。

一五〇〇（三時）、連合艦隊司令長官ヨリ第二艦隊司令長官宛、出動命令発令アリ　准士官以上ニ令達サル　「大和及ビ第二水雷戦隊ハ、海上特攻トシテ、(Y-1)日黎明時豊後水道ヲ出撃、(Y)日黎明時沖縄西方海面ニ突入、敵水上艦艇並ビニ輸送船団ヲ攻撃撃滅スベシ　(Y)日ヲ八日トス」
サキノ司令長官、司令官協議ノ結果、本作戦ニハ断乎反対トノ意見具申ヲ行フコトニ決セリトイフモ、第一線部隊ノ抗議ハ、無下ニ退ケラレタルカ

一次室（ガンルーム、中尉少尉ノ居室）ニテ、戦艦対航空機ノ優劣ヲ激論ス
戦艦優位ヲ主張スルモノナシ
「『プリンスオブウエールズ』ヲヤッツケテ、航空機ノ威力ヲ天下ニ示シタモノハ誰ダ」皮肉ル声アリ
設計当時、スナハチ十年ノ昔、無敵ヲ誇リタル本艦防禦力モ、躍進セル雷撃爆撃ノ技術ト圧倒的数量ノ前ニ、ヨク優位ヲ保チ得ル道理ナシ
タダ最精鋭ノ錬度ト、必殺ノ闘魂トニ依リ頼ムノミ

現場の将兵たちはこの程度に醒めていたのである。連合艦隊司令長官とその幕僚たちの防空壕（内地・横浜日吉）にあっての机上作戦を笑うべきか。昭和史における指導者の無能ぶりは今日に続く根本問題であろう。

「出撃前夜」の章は略す。この章で、臼淵大尉の横顔が簡潔に描かれているが、のち「臼淵大尉の場合」として、別の長篇が書かれた。また兵学校卒の候補生や四十歳以上の老兵、転勤辞令を受けたものが、ここで退艦してゆく。「出撃ノ朝」の章も略す。

作戦発動

午後、出港準備作業　再ビ入港ヲ約束セザル出港ナリ（略）
大軍艦旗、前檣頂ニ翩翻タリ
「大和」ハココニ戦闘準備ヲ完了ス
最後ノ出撃ニ乗組ム栄ニ浴セルモノ、総員三千三百三十二名

全員死にに行くのだ。しかしその乗組を栄誉と感じさせるものが「大和」にあったことも注目しなければなるまい。

一六〇〇（四時）　出港「両舷前進微速」
艦隊針路百二十度
旗艦「大和」第二艦隊司令長官伊藤整一中将坐乗
コレニ従フモノ、第二水雷戦隊所属ノ九隻　巡洋艦「矢矧」以下、駆逐艦「冬月」「涼月」「雪風」「磯風」「浜風」「初霜」「朝霜」「霞」　コトゴトク百戦錬磨ノ精鋭ナリ

このうち「冬月」と「雪風」が最後まで健在で活躍するが、とくに「雪風」は強運の駆逐艦で、太平洋戦争のあらゆる海戦に参加して生き残った存在である。伊藤正徳がそのことを『連合艦隊

の最後』で詳細に描いている。

矢ハ放タレタリ
交代シテ哨戒直ニ立ツ　哨戒当直ノ将校ナリ
艦ノ心臓カツ頭脳タル艦橋ノ中央ニ勤務シテ、艦内十六箇所ニ配置セル見張員ヲ掌握シ、ソノ報告ヲ取捨選択シテ艦長以下ノ各幹部ニ復誦直結スルヲ任務トス　警戒航行中最モ重要ナル当直ナリ

まさにこの当直将校であったればこそ、幹部始め全体の動静をもっとも把握できる立場にあったわけで、本篇の魅力の秘密でもある。

右二米ニ長官（中将）、左一米ニ参謀長（少将）　新参ノ学徒兵トシテ、コノ身ノ幸運ヲ想フ

一八〇〇（六時）　総員集合　清装
最後ノ総員集合ナラン　解散セバヤガテ戦闘配備ニ就キ、再ビ集合ノ機会ナシ
タダ各配置ニアッテ、渾然一体ノ戦力発揮ヲ期スルノミ
スデニ作戦発動セルタメ、艦長、艦橋ヲ離ルル能ハズ

副長代ツテ、連合艦隊司令長官ヨリ艦隊宛ノ壮行ノ詞ヲ達セラル
「帝国海軍部隊ハ陸軍ト協力、空海陸ノ全力ヲ挙ゲテ、沖縄島周辺ノ敵艦船ニ対スル総攻撃ヲ決行セントス
皇国ノ興廃ハ正ニ此ノ一挙ニアリ
ココニ特ニ海上特攻隊ヲ編成シ、壮烈無比ノ突入作戦ヲ命ジタルハ、帝国海軍力ヲ此ノ一戦ニ結集シ、光輝アル帝国海軍海上部隊ノ伝統ヲ発揚スルト共ニ、其ノ栄光ヲ後昆ニ伝ヘントスルニ外ナラズ
各隊ハ其ノ特攻隊タルト否トヲ問ハズ、イヨイヨ致死奮戦、敵艦隊ヲ随所ニ殲滅シ、モツテ皇国無窮ノ礎ヲ確立スベシ」

吉田満は、「美文ナリ」としか評していない！

皇居遥拝　君ガ代奉唱
軍歌　各艦相呼応シテ谺《コダマ》ノ如シ
万歳三唱
清明ナル月光、仰ギ見ル前檣頂　我ラ何ヲカ言ハン

このあと、解散して前方錨甲板で、森少尉に会う。酒量艦内随一、闊達なる気風で聞こえる彼が、吉田少尉にここで許婚者への想いを語っているが略す。

直チニ配置ニ就キ敵ニ向フ

艦隊、二十「ノット」ニ増速

艦橋ニテ作戦談ヲ聞ク

本作戦ハ、沖縄ノ米上陸地点ニ対スルワガ特攻攻撃ト不離一体ニシテ、更ニ陸軍ノ地上反攻トモ呼応シ、航空総攻撃ヲ企図スル「菊水作戦」ノ一環ヲナス

特攻機ハ、過重ノ炸薬（通常一瓩半）ヲ装備セルタメ徒ラニ鈍重ニシテ、米迎撃機ノ好餌トナル虞レ多シ　本沖縄作戦ニオイテモ米戦闘機ノ猛反撃ハ必至ナレバ、特攻攻撃挫折ノ公算極メテ大ナリ

シカラバソノ間、米迎撃機群ヲ吸収シ、防備ヲ手薄トスル囮《ヲトリ》ノ活用コソ良策トナル　シカモ囮トシテハ、多数兵力吸収ノ魅力ト、長時間拮抗ノ対空防備力ヲ兼備スルヲ要ス

「大和」コソカカル諸条件ニ最適ノ囮ト目サレ、ソノ寿命ノ延命ヲハカツテ、護衛艦九隻ヲ選ビタルナリ

沖縄突入ハ表面ノ目標ニ過ギズ　真ニ目指スハ、米精鋭機動部隊集中攻撃ノ標的ニホカナラズ

カクテ全艦、燃料搭載量ハ往路ヲ満タスノミ　帰還ノ方途、成否ハ一顧ダニサレズ

世界無比ヲ誇ル「大和」ノ四十六糎主砲、砲弾搭載量ノ最大限ヲ備ヘ気負ヒニ気負ヒ立ツモ、ソノ使命ハ一箇ノ囮ニ過ギズ　僅カニ片路一杯ノ重油ニ縋ル
勇敢トイフカ、無謀トイフカ

本作戦ノ大綱次ノ如シ――先ヅ全艦突進、身ヲモッテ米海空勢力ヲ吸収シ特攻奏効ノ途ヲ開ク
更ニ命脈アラバ、タダ挺身、敵ノ真唯中ニノシ上ゲ、全員火トナリ風トナリ、全弾打尽スベシ
モシナホ余力アラバ、モトヨリ一躍シテ陸兵トナリ、干戈ヲ交ヘン　カクテ分隊毎ニ機銃小銃ヲ支給サル

世界海戦史上、空前絶後ノ特攻作戦ナラン
終戦後、当局責任者ノ釈明ニヨレバ、駆逐艦三十隻相当ノ重油ヲ喰ラフ巨艦ノ維持ハイヨイヨ困難ノ度ヲ加ヘ、更ニ敗勢急迫ニヨル焦リト、神風特攻機ニ対スル水上部隊ノ面子ヘノ配慮モアッテ、常識ヲ一擲、敢ヘテ採用セル作戦ナリトイフ　アタラ六隻ノ優秀艦ト数千ノ人命ヲ喪失シ、慚愧ニ堪ヘザル如キ口吻アリ
カカル情況ヲ酌量スルモ、余リニ稚拙、無思慮ノ作戦ナルハ明ラカナリ
長官以下ノ第二艦隊司令部ト、各艦艦長ヲ挙ゲテノ頑強ナル抵抗ニ対シ、中央ハ直接説得ノホカナキ異例ノ事態ト認メ、特使トシテ伊藤長官ト兵学校同期、カツ親交厚キ草鹿連合艦隊参謀長ノ派遣ヲ決定セリ

出撃直前ニ飛来セル水上機ハ、ソノ一行ノ搭乗機ナリ
参謀長ハ本作戦策定ノ枢機ニ参画シタレバ、大和艦上ニ艦隊全幹部ヲ招集シ、口達ニヨリ以下ノ如ク作戦趣旨ノ説明ヲ行ハレタリトイフ——国家存亡ノ岐路ニアル此ノ際、海上部隊ノ最後ノ花形トシテ多年苦心演練シタル腕ヲ発揮シ得ルハ、武人トシテノ本懐コレニ過グルモノナシ
此ノ上ハ弾丸ノ続ク限リ、一騎当千獅子奮迅ノ働キヲナシ、敵ノ一艦一船ニ至ルマデコレヲ撃滅シテ戦勢ヲ一挙ニ挽回シ、皇恩ノ万分ノ一ニモ報ハレタキモノト存ズ
当隊ノ海上特攻隊トシテノ任務ハカク重大ナルモ、艦隊ノ編成ハ変則ニシテ、更ニ乗員ノ交代後訓練不充分ナリ　従ツテ各級指揮官ハ部下ノ能力把握ニツトメ、指揮統制ニ関シ超人的努力ヲモツテ細心大胆事ニ当リ、ヨク個艦戦闘力ヲ万全ニ発揮センコトヲ望ム
本作戦ノ眼目ハ基地航空部隊ノ必殺攻撃ニアルモ、敵兵力ハ厖大ナルヲモツテ、ナホ優勢ナル敵艦隊トノ会敵ヲ予期セザルベカラズ　優勢ナル敵艦船ニ対シテハ、夜戦ガ常道ナガラ、近時電測兵器ノ発達ト共ニ、敵ノ夜戦モ侮ルベカラザルモノアリ　夜戦ニオケル分散突入、一部ヲモツテスル牽制、二段斜進ノ利用ニヨル誘致戦術等ニツキ、周到ナル準備研究ガ望マシキモ、決定的打撃ハ夜戦ニ継グ昼戦ニオイテ、主隊ヲ中心トスル集団肉迫攻撃ニヨルヲ肝要トス——
伊藤長官ガ疑念ハ、美辞麗句ノ命令ノ背後ニアル「真ノ作戦目的」ハ何カニ集中シ、「一億玉砕ニ先ガケテ立派ニ死ンデモラヒタシ」トノ最後的通告ヲ得テ、ヤウヤク納得サレタリ
更ニ長官容《カタチ》ヲ改メ、「作戦ノ結末ヤ如何　征途ノ途次ニ甚大ナル損害ヲ蒙リタル場合、収束ハ

ワガ決断ニ任セラレタルヤ」ト質問セルニ、参謀長答フ「従来トカク独断専行ニ欠クルトコロアリ　全般ノ作戦ヲ考ヘ情況変化ニ即応シ、指令ヲ待タズシテ最善ノ処置ヲ講ジ得ル如ク、予メ腹案ヲ練リオカレタシ　モトヨリ非常ノ際ハ、連合艦隊司令部トシテモ臨機処断ノ用意アリ」ト

連合艦隊司令長官ノ壮行ノ詞ニアル如ク、真ニ帝国海軍力ヲコノ一戦ニ結集セントスルナラバ、「ナニ故ニ豊田長官ミヅカラ日吉ノ防空壕ヲ捨テテ陣頭指揮ヲトラザルヤ」ト若手艦長ガ特使一行ニ詰問セルハ、特攻艦隊総員ノ衷情ヲ代弁セルモノトイフベシ

この詰問は当然だったであろう。しかし軍令部系統の上にはさらに軍政部があり、政治指導層が存在する。政治指導層は軍部の意向を抑えられない——という矛盾があった。大戦末期にはすべての部署で矛盾が露呈していったのである。

青年士官の間には、必敗論が圧倒的であった。兵学校出身者と学徒出身士官の間で、自分たちの死の意味、意義について対立が深まり、乱闘となった。この時、哨戒長臼淵大尉は次のように言ったと吉田満は書く。

「進歩ノナイ者ハ決シテ勝タナイ　負ケテ目ザメルコトガ最上ノ道ダ（略）日本ノ新生ニサキガケテ散ル　マサニ本望ヂヤナイカ」（略）

臼淵大尉ノ右ノ結論ハ、出撃ノ直前、ヨクコノ論戦ヲ制シテ、収拾ニ成功セルモノナリ

かつての帝国日本には、男がホレボレするような青年将校が職業軍人の中に存在したことを、われわれは銘記する必要がある。

「敵地ニ入ル」の章は略す。

外洋ノ朝

七日黎明　大隅海峡ヲ通過　「大和」ヲ中心、開距離千五百米ノ輪型陣ヲモッテ西進ヲ続ク

（略）

作戦命令ニ従ヒ、艦隊上空ニ味方直衛機ナシ（略）

コレヨリ再ビ味方機ヲ見ルコトナシ

作戦命令に反して鹿屋基地の責任で飛び立った二十機の偵察機があったという。伊藤整一司令長官の一人息子伊藤叡中尉がそのなかにいたらしい。そのときは生還したものの菊水特攻の一員として沖縄に散華したという。

朝食
尋常無事ノ気分ニテ味ハフ最後ノ食事ナラン

ここで作者は、郷里に懐妊中の妻を遺した片平兵曹、結婚四日にして出撃した宮沢兵曹、文人気質の石塚軍医少佐などの挿話を入れている。いずれも新妻を遺した男の胸の中を推し測った物語だが、次のような感懐が読者を打つ。

顧ミレバ妻ワレニナシ　子モトヨリナシ　ワガ死ヲ悲シミクルルハ親兄弟ノミ
ワレ未ダカノ愛恋ノ焰ヲ知ラズ
死ニ臨ンデ、心狂フマデニ断チ難キ絆《キツナ》ヲ帯ビズ
ワレトカノ片平兵曹ト、イヅレヲ幸ヒトシ、イヅレヲ不幸トスルヤ

本篇の魅力のひとつは、こうした具体的事実に基づく人生論がふんだんに盛りこまれていることである。感受性が新鮮で深味がある。

昼食　戦闘配食ナリ
壁ニ倚リ、片手ニ皿、片手ニ握リ飯ヲ持ツ　気ゼハシキ食事ナリ

最後ノ飯ノ味ナラムカ　夕刻マデカカル余裕ヲ保チ得ルトハ楽観シ難シ
暗キ予感ニ刺サレツツモ、心籠レルコノ首途ノ銀飯（白米）ヲ食フ
イハン方ナクウマシ　コレヲ限リノ奢リナリ

〝ウマシ、イハン方ナクウマシ〟という言葉が繰り返し登場する。吉田少尉は若く健康だったのである。おそらくこの生命力が彼を生かしめたのであろう。

ここで有賀艦長との会話があり、そのあとに艦長の横顔が語られる。あまりに秀逸なので全文収録する。

勇猛ト技倆ヲ謳ハル名艦長　マタ「ゴリラ」ノ愛称ヲモッテ全将兵ヨリ敬愛セラル
出撃間近キ一夜、ワレ最終上陸艇（九時ニ波止場着）ノ艇指揮トシテ艦長ヲ送リ、三時間後、
零時発ノ第一回上陸員迎ヘノ艇ニ、再ビ艦長ヲ迎ヘシコトアリ
敵襲シゲキ折ナレバ、艦長ノ不在ハ長時間ニワタルヲ許サレズ　機敏豪放ニモ、コノ短時間ニ
人間洗濯ノ目的ヲ達セラレタルモノト、微笑ヲ禁ジ得ザリシナリ
マタ平時ノ外出時ニハ、必ズ私服ヲ着、時アッテカ気ニ入リノ美人ニ逢ヘバ、ソノ家ヲツキト
ムルマデ尾行スル、愛スベキ「耽美癖」モアリシトイフ

このストーカーまがいの行動も、戦前の風俗の中ではかなり広範にあったらしい。久米正雄の『学生時代』『破船』などに見られるように、健康でほほえましいドラマとして存在していたのであり、今日のように病的・犯罪的行為ではない。

鋭気俊敏ノ参謀ラ、ソノ眼指《マナ》シニモ柔和ノ光ヲ見タリ
満腹ノ倦怠、安堵ノミノ故ニ非ズ
数歩ヲ隔テズシテ死ニ行ク我ラニ寄スル、肉親ニモ近キイタハリナリ
奄美大島監視哨ヨリ「敵艦載機二百五十機北上中、厳戒ヲ要ス」トノ無電アリ
一二〇〇（十二時）今ヤ征途ノ半バニ達ス

いよいよ「大和」VS艦載機の決戦である。

全艦隊粛々ト進ム
司令長官左右ヲ顧ミ、破顔一笑「午前中ハドウヤラ無事ニ済ンダナ」
出撃ト同時ニ、艦橋右前部ノ長官席ニ就カレシ以来ノ第一声ナリ　警戒序列、之字運動型式ノ選択、速力、変針等、一切ヲ「大和」艦長ニ委ネ、参謀長ノ上申ニモタダ黙シテ肯クノミ
コノ後本艦ノ傾覆マデ、砲煙弾雨ノウチ終始腕ヲ組ンデ巌ノ如ク坐ス　周囲ノ者殆ンド死傷ス

ルモ些カモ動ゼズ
官ヲ賭スルマデノ反対ヲ遂ニ押シ切ラレタル作戦ナレバ、長官トシテコレヲ主導スルヲ潔シト
セザリシカ
海戦史ニ残ルベキ無謀愚劣ノ作戦ノ、最高責任者トシテ名ヲトドムル宿命ヘノ無言ノ反抗カ
竹ヲ割ツタル如キ気風、長身秀麗ノ伊藤長官

開　戦

一二二〇（十二時二十分）対空用電探、大編隊ラシキモノ三目標ヲ探知ス
同電探室室長、長谷川兵曹持前ノ濁《ダ》ミ声、流ルル如ク測距測角ヲ報ズ「目標捕捉　イヅレモ
大編隊　接近シテクル」
直チニ艦隊各艦宛緊急信号ヲ発ス
各艦二十五「ノット」ニ増速　一斉回頭「一〇〇度宜《ヨ》ウ候《ソロ》」（隊形ソノママ、全艦同時ニ「一〇
〇度」方向ニ変針ス）
スピーカー、ソノ旨ヲ達シ了ルヤ、艦内カヘツテ静粛ノ度ヲ加フ
電探、目標追尾ノママ刻々ニ「データ」ヲ伝声シキタル「……三〇〇（距離三万米）、一六〇
度……次ノ目標、二五〇（距離二万五千米）、八五度……」
スデニ幾度《タビ》訓練目標射撃ニオイテ、カカル追躡ヲ繰返シタルカ　同一ノ状況、同一ノ態勢、同

調子ノ探信スラ、カッテ体験シタル如キ錯覚ニ陥ル
コノ現前ノ事態コソ、紛レモナキ実戦ニホカナラズト、如何ニシテ己レニ納得セシメンヤ
目標ハ仮設敵ニ非ズ、必殺ノ翼陣ナリ　四周ハ練習水域ニ非ズ、敵地ナリ

一二三二（十二時三十二分）、二番見張員ノ蛮声「グラマン二機、左二十五度（方向角、正面ヨリ左ヘ二十五度）高度八度、四〇（距離四千米）右ニ進ム」
忽チ肉眼ニ捕捉　雲高ハ千乃至千五百米
機影発見スルモ至近ニ過ギ、照準至難、最悪ノ形勢ナリ
「今ノ目標ハ五機……十機以上……三十機以上……」
雲ノ切レ間ヨリ大編隊現ハル　十数機ヅツ編隊ヲ組ミ、大キク右ニ旋回
正面ニ別ノ大編隊　スデニ攻撃隊形ニ入リツツアリ
「敵機ハ百機以上、突込ンデクル」　叫ブハ航海長カ
雷撃、爆撃トモニ本艦ヘノ集中ハ必至
艦長下命「射撃始メ」
高角砲二十四門、機銃百二十門、一瞬砲火ヲ開ク
護衛駆逐艦ノ主砲モ一斉ニ閃光ヲ放ツ

戦闘開始
今ゾ招死ノ血戦、火蓋ヲ切ル
ワレハ初陣　肩ノ肉盛リアガリ腿踊リ出ダサントスルヲ抑ヘツツ、膝ニカカル重量ヲハカル
コノ身興奮ニタギリツツミヅカラノ昂リヲ眺メ、奥歯ヲ噛ミ鳴ラシツツ微カニ笑ミヲタタフ

この生理的な次元での、初陣の若武者の闘志こそ吉田少尉の生命を支えた力であった気がする。

編隊ノ左外輪「浜風」忽チニ赤腹ヲ出ス、ト見ルヤ艦尾ヲ上ニ逆立ッ
轟沈マデ数十秒ヲ出デズ　タダ一面ノ白泡ヲ残スノミ
乗員ノウチタマタマ外面ニサラサレタル者、被雷ノ衝撃、誘爆ノ風圧ノタメ飛散シテ水面ニ落チタリ
ソノ後絶望ノ空戦ノ傍ラニ漂流スルコト五時間、ヨク数十名ノ生存者ヲ出セリトイフ
雷跡ハ水面ニ白ク針ヲ引ク如ク美シク、「大和」ヲ目指シ十数方向ヨリ静カニ交叉シテ迫リキタル
雷跡ノ目測距離ト測角ヲ回避盤ニ睨ミツツ、艦ヲ魚雷方向ト平行ニ運ビ、ギリギリニカハス
至近ノ火急ノモノニ先ヅ注目シ、コレヲカハシ得ルコト確実ノ距離ニ至レバ直チニ次ニ移ル

要ハ見張ト計算ト決断ナリ
艦長ハ艦ノ全貌ヲ見渡ス吹キ曝シノ防空指揮所ニアリ　少尉二名コレニ侍シテ回避盤ヲ睨ミ、鞭ヲ揮ツテ四周ノ魚雷ヲ艦長ニ伝フ
航海長ハ艦橋ノ艦長席ニ坐シ、二者一体ノ操艦ナリ
艦長ノ号令、伝声管ヲ貫イテワガ耳ヲ聾ス　語尾ワレテ凄マジキ怒声ナリ
爆弾、機銃弾、艦橋ニ集中ス
「大和」ハ軸馬力十五万馬力ヲ全開、最大戦速二十七「ノット」ヲ振リシボリ、左右ニ舵一杯ヲトリツツ必死ニ回避ヲ続ク
外洋ノ航行ニモ陸地ニアル如キ安定ヲ誇ル本艦モ、サスガニ動揺震動甚シク、艦体ノ軋ミ、装備ノ摩擦音喧シ
アハヤ寸前ニ魚雷ヲカハスコト数本、遂ニ左舷前部ニ一本ヲ許ス

敵来襲第一波去ル
傾斜ハ殆ンドナキモ、後檣附近ニ直撃弾二発
米機ハ「グラマン」F6F（戦闘機）、TBF（雷撃機）、オヨビ「カーチス」SB2C（爆撃機）中心ナリ　爆弾ハ二十五番（二百五十瓩）多キカ
雷跡ハ顕著ニシテ捕捉ハ容易ナルモ、雷速ハ従来ニ比シヤヤ速キカ（航海長）

航海長、左右ヲ顧ミテ莞爾「タウトウ一本当テチヤツタネ」答フルモノナシ
襲撃ハ極メテ巧妙　避弾ノ巧緻、照準ノ不敵、恐ラク全米軍切ツテノ精鋭ナルベシ（参謀長）
長官、温顔ノママ腕ヲ拱キ、微動ダモセズ
参謀長、顔ホコロバセ、ムシロ嬉々トシテ敵ヲ讃フ

このあたり、敵を讃える日本側幹部の心情も立派。吉田少尉の微妙な観察眼も見事というべきか。

しかし、このあたりから地獄図絵が始まる。「大和」は敵の第一波攻撃で、後部電探室を木っ端微塵に粉砕されてしまっていたのである。哨戒直を命ぜられて主任電測士の大森中尉と代ったあと、吉田少尉の職場は壊滅し、対空電探能力を失うのである。

電探室被弾

今ノ瞬時マデマサニ現前セル実在ハ、如何ナル帰趨ヲ遂ゲシゾ
疑ヒ訝シミテヤマズ
悲憤ニ非ズ　恐怖ニ非ズ　タダ不審ニ堪ヘズ　肉塊ヲマサグリツツ忘我寸刻

駆け戻った吉田少尉は肉塊と化した同僚に茫然とする。その表現がいかにも実感があり正確で

ある。そしてまた、吉田少尉が憧憬の眼差で対した臼淵大尉もこの第一波の襲撃で散華している。

強襲第二波

第二波モ再ビ百機以上　左正横　雷撃機多キカ
巡洋艦「矢矧」ノ援護射撃熾烈カツ的確ナルヲ見テ、来襲機ノ一部同艦ニ向フ
「大和」ヘノ雷跡二十本　左舷ニ三本ヲ許ス　後檣附近
副舵ノ一部ヲ損傷
量ノ圧倒的優勢ハ、本艦ノ精敏ヲモッテスルモ、カク避雷ヲ絶望トナセリ
マサニ天空、四周ヨリ閃々迫リ来ル火ノ「槍ブスマ」ナリ
日本海軍ニ比絶セル「大和」ノ弾幕ハ、絨毯状ニ展ケタル赤、紫、黄、緑等極彩ノ炸烈ヲモッテ少カラザル脅威ヲ与ヘタルモ、ソノ威力ハ机上ノ計算ニ遠ク及バズ
米編隊ハ不可避ナル一部ノ犠牲ヲ予メ計量シ、迂遠ナル弾幕回避方法ヲ棄テテ、マッシグラニ照準ノ「ベスト・コース」ヲ雪崩レ込ム
急降下来襲ノ戦闘機、爆撃機ハモトヨリ、緩降下態勢ノ雷撃機モ、投弾投雷ノタメ直進ヲ行フヤ、横向快走シテ砲火ヲ避ケツツ近接銃撃ヲ敢行ス
マタ高度三千米ヨリ突入スル急降下ノ鉄則ヲ一擲シ、密雲ヲ利シテ臨機ノ短距離降下ニ切替ヘタル着眼ハ、卓抜トイフベキカ

カカル襲撃法ハ、米搭乗員ノ操縦技倆ノ錬達、照準技術ノ巧捷ニヨルハ勿論ナルモ、タマタマ視界狭ク、主砲ノ弾幕浅ク平板ニ押シヒシガレ、高角砲モ屛息シテ、雲上ヨリノ近接比較的容易ナル事態ニモヨル

更ニワガ機銃員ノ、過量ナル敵機、相次グ来襲ニ眩惑セラレタル事実モ蔽ヒ難シ

宜《むべ》ナルカナ　二十五粍機銃弾ノ初速ハ毎秒千米以下ニシテ、米機ノ平均速力ノ僅カ五乃至六倍ニ過ギズ

カクモ遅速ノ兵器ヲモッテ曳光修正ヲ行フハ、恰モ素手ニテ飛蝶ヲ追フニ似タルカ

通常ノ対空訓練ハ吹流シ、風船等ヲ仮設目標トセルモノニシテ、浮游セルソレラ目標ノ射撃記録ニ一喜一憂シヰタルガワガ実情ナリ

カカル機銃員ガ眼ニ、天翔ケル米機ハマサニ一ノ驚異、一ノ幻覚

間断ナキ炸薬ノ殺到、ユルミナキ光、音、衝迫ノ集中ナリ

二十五粍機銃ノ三連装砲塔（広サ高サトモ六畳間大）ニ直撃弾降リ注ギ、相次イデ空中ニ飛散

最モ高キモノハ二十米ニ達シ、数回転シテ轟々落下シキタル

身ヲ置クニ由ナキ修羅場ナリ

機銃員ノ死傷夥シ

被弾ニヨル断線ノタメ電源断絶相次ギ、必死ノ復旧作業モ空シク、電動兵器ハ逐次無用ノ鉄塊ト化ス
機銃発射モヤムナク銃側照準ニ移ル
砲塔三基乃至四基ヲ総括シテ上方ニ指揮塔ヲ設ケ、指揮塔ノ回転、仰角ハソノママ電気誘導ニヨリ各砲塔ニ伝ヘラレ、砲塔銃側ハタダ引金ヲ引クノミナルヲ常態トスルモ、電源杜絶、指揮系統モ滅裂シテ、各個照準ニ縋ルホカ方策ナシ
照準更ニ不正確ノ度ヲ加フ
萎縮、動揺ノ兆シ明ラカナリ
飛行甲板（後部）附近ヨリ白煙昇ル
艦ノ左右、前方水面ニ至近弾集中、シバシバ林立セル大水柱内ニ突入ス
豪雨ノ雨脚ニ十倍スル水量、艦橋ノ窓モ張リ裂ケント奔入ス
奔放ナル水勢ニ、至ルトコロ散乱
海図台、汚水ヲ漂ハセテ惨澹タリ　拭ヒッツ涙ヲ呑ム
首筋ヨリ胸、腹ヘト潮水流レテ生暖キモ、下着スケバゾクゾクト肌ニ粟ヲ生ズ
顎ニ喰ヒ入ル顎紐ノ冷タサ

もはや敗勢は明白である。ただこの作品の凄さは、修羅と地獄の現場にあって、観察と表現が

ますます冴えわたってくることである。

間断ナキ猛襲

第二波去ルヤ踵ヲ接シテ第三波来襲
左正横ヨリ百数十機、驟雨ノ去来セル如シ
直撃弾数発、煙突附近ニ命中
塚越中尉、井学中尉、関原少尉、七里少尉ラ相次イデ戦死
機銃指揮官戦死ノ報アトヲ絶タズ
艦橋ヲ目指シテ投下サレタル爆弾ノコトゴトクガ外レ、コレヲ囲繞防衛セル機銃群ニ命中セシタメナリ

この世にはこうした不思議、偶然が起るものなのだ。

魚雷命中、左舷ニ二本
傾斜計指度僅カニ上昇ヲ始ム

「大和」という巨艦とその終りを実感させてゆく記述である。

連続被雷ノタメ応急科員ノ死傷多ク、防水遮防作業困難トナル
魚雷命中セバ、防水区画ノ一部ニ浸水ス　区画ハ全艦千百五十箇所ニ細分サレテ浸水区域ヲ局限スル仕組ナルモ、水圧ハ徐々ニ非防水区画トノ境界タル鉄壁ニカカリ、遂ニコレヲ潰滅、浸水ヲ拡大ス
シカラバ非浸水区画ノ内側ヨリ太キ円材ヲモツテ鉄壁ヲ支ヘ、決潰ヲ遮防セザルベカラズ——コレ応急科員ガ任務ナリ
サレド被雷間断ナク継起、浸水跳梁ヲ重ネ、一切ヲ覆滅シ去ル　タダ兵員ノ救出ニ汲々タルノミ
スナハチ遮防作業中、魚雷相次イデ命中セバ瞬時海水奔入シ、「ラッタル」ニヨル上部脱出ヲ迫ル　上部ニ位置セル者ヨリ鉄壁ノ丸型通路ヲ潜ツテ駈ケ上リ、足元ノ「ハッチ」ノ留メ金ヲ手早ク締メ、ソコニテ浸水ヲ押シ止メザルベカラズ　後退セル遮防線ノ確保ナリ
己レニ続キ「ラッタル」ヲ駈ケ上リクル戦友ノ、頭ヲ蹴落トシテ「ハッチ」ヲ閉ヅ　浸水ノ進捗ヲ睨ミ一瞬ニ事態ヲ測ル

まさに断腸の想いとはこのことであろう。生死の境はこうした決断を迫られる。

ソノ如何ニ至難ナルカ　血ノ汗絞ル猛訓練モヨク達シ得ザル難作業ナリ
馳セノボル兵ヲ迎ヘテ、徒ラニ開カレタルママノ「ハッチ」ヲ抜ケ、浸水ハ奔騰シツツ雪崩レ込ム
カクテ傾斜ノ進行意想外ニ速シ
スデニ五体ニ不安感アリ
傾斜五度ニ達セバ、砲弾ノ運搬ニモ支障ヲ来シ、戦闘力半減セン
マタ重心ノ喪失感ハ、士気振作上致命的ナリ　猶予スベカラズ
今ヤ右舷防水区画ノ左舷浸水区画ト対称ナル部位ニ注水シ、左右均衡ニヨリ傾斜復旧ヲ図ルホカナシ
三千瓲ノ注水ヲ下命
注水ハ吃水線ノ低下――速力ノ急減――ヲ招致スルコト必定ナルモ、万ヤムナシ
注水作業ハ、注排水管制所ノ所掌ナリ　浸水区域ハ自動的ニ「ランプ」ニヨリ表示サレ、コレト対称ノ区域ノ「ボタン」ヲ押セバ直チニソノ海水管開口ス　カカル機能コソ「大和」防禦力ノ主軸トシテ天下ニ誇リシモノ　ソレモ儚キ望ミニ過ギザリシカ
「後部注排水管制所、魚雷一本、直撃弾命中」　伝声管ノ中継ニヨル報告
艦橋幹部暗然トシテ無言

天ワレニ与《クミ》セザルカ
魚雷オヨビ爆弾ノ連続命中ハ最モ苦手ナレバ、後部奥深ク位置セシメタルコノ要衝
恰モソノ所在ヲ熟知、狙撃セル如キ執拗ナル攻撃ナリ
管制所ノ破壊ハ、右舷防水区画ノ注水ヲ不能トセン
訓練時ノ想定ニモカツテナキ最悪ノ事態　シカモコレノミガ唯一ノ現実ナラントハ
想ヘバ無用ニシテ甘キ訓練ノ反覆ナリキ
米軍ヨク渾身ノ膂力ヲ、連続強襲、魚雷片舷集中ノ二点ニ注ゲルカ
艦長「傾斜復旧ヲ急ゲ」ト叫ブコト数度　伝声管ノ中継ニヨリ所要部署ニ伝フ
サレド復元ハ容易ナラズ　防水区画以外ノ右舷各室ニ、海水注入ノホカ方策ナシ
敵、脚下ニ迫リ傾覆ヲ謀ル　危シ　如何ナル犠牲ヲモ敢ヘテセン
機械室オヨビ缶室ヘノ注水ヲ最良ノ策トス　両室ハ、海水「ポンプ」ニテ急遽注水可能ナル最大、最低位ノ室ナレバ、傾斜復旧ニ著効ヲ期シ得ン
防禦総指揮官（副長兼務）、緊急注水ヲ決意
全力運転中ノ機械室、缶室――機関科員ノ配置ナリ
コレマデ炎熱、噪音トタタカヒ、終始黙々ト艦ヲ走ラセキタリシ彼ラ　戦況ヲ窺フ由モナキ艦底ニ屏息シ、全身汗ト油ニマミレ、会話連絡スベテ手先信号ニ頼ル
海水「ポンプ」所掌ノ応急科員、サスガニ躊躇

「急ゲ」 ワレ電話一本ニテ指揮所ヲ督促
非常避退ノ「ブザー」モ、遅キニ失シタルカ
当直機関科員、海水奔入ノ瞬時、飛沫ノ一滴トナッテクダケ散ル
彼ラソノ一瞬、何モ見ズ何モ聞カズ、タダ一塊トナリテ溶ケ、渦流トナリテ飛散シタルベシ
沸キ立ツ水圧ノ猛威
数百ノ生命、辛クモ艦ノ傾斜ヲアガナフ
サレド片舷航行ノ哀レサ　速度計ノ指針ハ折ルル如ク振レ傾ク
隻脚、跛行、モッテ飛燕ノ重囲トタタカフ

無残である。全体を救うためという論理が働いているが、全部が徒労という感も抑えがたい。

戦勢急落

第四波左前方ヨリ飛来ス　百五十機以上　魚雷数本、左舷各部ヲ抉ル
直撃弾多数、後檣オヨビ後甲板
来襲機ノ艦橋攻撃イヨイヨ熾烈ナリ
銃撃ハ投下、反転ノ後、直線的ニ艦橋ニ迫リツツ概ネ二斉射ナリ
火柱、唸リ、硝煙、彼ラガ息吹キノ如ク窓ヨリ吹キ込ム

紅潮セル米搭乗員ノ顔、相次イデ至近ニ迫リ、面詰セラルル如キ錯覚ヲ起ス
カットマナコ見開キタルカ、シカラズンバ顔ノ歪ムマデニマナコ閉ヂタリ　口ヲ開キ、歓喜ノ表情ニ近キ者多シ
砲火ニ射トメラルレバ一瞬火ヲ吐キ、海中ニ没スルモ、既ニ確実ニ投雷、投弾ヲ完了セルナリ
戦闘終了マデ、体当リノ軽挙ニ出ヅルモノ一機モナシ
正確、緻密、沈着ナル「ベスト・コース」ノ反覆ハ、一種ノ「スポーツマンシップ」ニモ似タル爽快味ヲ残ス　我ラノ窺ヒ知ラザル強サ、底知レヌ迫力ナリ

「大和」の乗組員の知性は、貴重な体験を通して、アメリカの強さの根源を、戦闘の最中に、正確に悟ったのである。日本人はこの教訓を忘れるべきではあるまい。

今ヤタダ、被害ヲ局限シ戦闘力ヲ温存シ、敵数量ノ消耗ヲ待ツノミ
果シテソノ間隙アリヤ
艦橋ノ窓ハ目ノ高サ、横ニ一メグリクリ抜カレタル狭キ見張窓ナリ
弾片ソノ間ヲヨギラントシテ、多クハネ返リ、無軌道ニ噴キコム　戯レ舞フニ似タリ
炸裂箇所、弾道ノ方向モ測ルニ由ナシ
何ヲモツテコレヲ避ケンカ

タダ裸身ヲ礫《ツブテ》ニ曝スノミ
大半ノ艦橋員、無意識ニ床《ユカ》ニウツ伏シテ突入スル米機ヲ仰グ
銃口ヲ直視セバムシロ危険大ナルモ、見エザルモノニ狙ハルル不安ニ堪ヘズ　セメテワガ仇敵ヲ目撃捕捉シタキ衝動ニ駆ラルルナリ
ソノ中ニ、依然トシテ身ジロギモセヌ司令長官
スックト立ツ航海長
ソノ前ニ、窓ニ上半身ヲ乗リ出シテ雷跡ヲ見張ルハ兵学校出身、倨傲ナル山森中尉ナリ　日頃ノ高言ニ愧ヂヌ天晴ノ活躍トイフベキカ

吉田少尉の人物観察はまことに細やかである。

護衛艦苦闘

怱忙ノ間、第五波、前方ヨリ急襲　百機以上
時ニ「矢矧」(巡洋艦)、本艦前方三千米ニ停止シ、「磯風」ヲ横附ケセントシツツアリ
「矢矧」ニ坐乗ノ第二水雷戦隊司令官、沈没寸前ノ「矢矧」ヲ捨テ、軽傷ノ「磯風」ニ移乗セントスルヤ
司令官ノ戦死ハ、作戦遂行ニ甚大ナル支障トナリ、士気一段ト沮喪ノ虞レ多シ

サレドコノ絶望的ナル戦局ノ、シカモ特攻必死作戦ニオイテ、カクモ露骨ナル司令ノ延命工作ハ、奇異ノ感ナキヲ得ズ　司令ノ独断行動ナルカ
帰還ノ後、批判ノ矢面ニ立チタルハ当然ナリ　特ニ少壮士官ノ攻撃鋭シ

指導者、指揮者、上司は、一挙手一投足見られているのである。それは戦時・平時も変らない。

カカル状況下、ワレニ突込マントスル米機ノ一部、反転シテ二艦ニ向フ
「矢矧」魚雷数本ノ巣ト化シ、タダ薄黒キ飛沫トナッテ四散
「磯風」モ停止、黒煙ヲ吐キツツアリ　辛ウジテ轟沈ヲ免レタルモ、爆弾発発命中セルカ
右ニ「冬月」、左ニ「雪風」、ソノ身ニ数倍スル水柱ノ幕帯ヲ突破疾走シツツ、「大和」宛発信シキタル――「ワレ異常ナシ」
屈強二艦、ソノ名ヲ賭シテノ力闘ナリ
想ヒ見ルベシ　両艦、兵一員ニ至ルマデノソノ闘魂ト錬度トヲ
護衛ニ任ゼラレタル九隻ノウチ、任ヲ果シツツアルハコノ二艦ノミ
他ハアルイハ海底ニ埋モレ、アルイハ傷ツキ傾ク
高速行動可能ノ、精鋭全残存兵力ヲスグツテノ艦隊編成モ、無残ナル敗北ニ終ルカ

小休止

直上機影ナシ　敵襲小休止
第二波以来初メテノ空隙ナリ

しかしもはや「大和」は爆撃・雷撃によって機能は寸断され、死屍累々の中、死滅への道を辿る。ただその中で、

シカモ艦橋オヨビ防空指揮所、射撃塔、測的所ニ配置セル幹部士官ニ一人ノ脱落者ナシ　天佑ナランカ
何ヲモタラサン僥倖カ

不思議である。しかも、その中にあって吉田少尉の闘志は少しも衰えていない。

少クトモワガ意識ニハ、一連ノ好モシキ肉体労働、少時ノ快楽ニモ似タル後味ナリ
胸裡ヒソカニ歓心湧ク　些カノ疲労ナシ
空腹ヲ覚エ、傾斜計ヲ睨ミツツ菓子ヲ食フ
雨着ノ両「ポケット」ニ詰メタル羊羹、「ビスケット」ノ類、今マデモ無意識ニ探リタルカ、

スデニ半バ程ニ減ル
ウマシ　言ハン方ナクウマシ

こうなると驚異である。若さ故の強健さ、最高度の緊張は五体を充実させるということか。

止メノ殺到

第六、第七、第八波相継イデ来襲ス　各百機内外　左舷オヨビ後方
敵ワガ鈍足ニ乗ジ、舵ヲ摧《クダ》カントスルカ——予感、背筋ヲ冷ヤス
満身創痍、シカモ隻脚、ワレ如何ニセンスベモナシ

まさに第一波から第八波まで、計千機に及ぶ航空兵力によって「大和」は止めを刺されたのである。

雷跡見事ニ綾ヲナシテ、巨大ナル艦尾ヲ追フ
汗バム掌ヲ揉ミ合セ、艦尾方向ニ背ヲ向ケテソノ衝撃ニ神経ヲ研グ
果シテ後部ニ魚雷集中　艦尾シバシ宙ニ浮キ、火柱、水柱ニ包マル
主舵、副舵トモ舵ノ損傷ハ軽微ナルモ、副舵舵取室ヲ浸水ニ奪ハル

副舵ハ取舵（左旋回）一杯ノママニ固定シタレバ、主舵ヲ面舵《オモ》（右旋回）トスルモ、艦ノ行動ハ左旋回ノ範囲内ニ限ラル　イヨイヨ半身不随ナリ
シカモ主舵舵取室マタ浸水ニ瀕シツツアリ

米軍ノ来襲作戦次ノ如シカ――
量ノ圧倒ニヨル弾幕突破、天候ヲ利シテノ緩急降下雷爆撃
魚雷片舷集中、傾斜急増ニヨル速力激減
鈍速ニ対シテノ必中爆撃、対空砲火ノ覆滅
後方ヨリノ雷撃ニヨル舵ノ破砕　再ビ雷爆集中、致命ノ追撃
周密果断ノ作戦ナリトイフベシ
航海長「一ッ一ッ向ウノ打ッ手ハ見当ガツク　舵ニクルナ、ト思フト必ズ来ル　ソレデヰテ、ドウニモコチラカラハ手ガ出ナイ　コンナ馬鹿ナ話ガアルカ」

馬鹿を承知で出撃を命じたのである。

参謀長「見事ナモノヂヤナイカ　ヤハリ実戦コソハ最上ノ訓練ナノダ　戦争ノ前半デハ、ドンドン攻メナガラ俺タチハ腕ヲ上ゲテイッタ　トコロガ後半ニナルト、逆ニ敵サンガ逃ゲテバカ

リキル俺タチヲ追ヒ抜イテシマッタ
航空機ニヨル大戦艦攻撃法トイフ、俺タチガ緒戦デ世界ニ叩キツケタ問題ニ、ココデ鮮カナ模範答案ヲツキツケラレタヤウナモノダナ」

太平洋戦争は軍事技術、戦術からいえばこの言葉につきるのだろう。

巨艦ココニ進退ヲ失ハントスルカ
爆弾、「ロケット」弾、焼夷爆弾、縦横ニ降リ注ギソノ数ヲ知ラズ
煙突附近ヨリ濛々タル黒煙昇ル　艦内ノ火災カ　防火装備ノ完璧ヲ誇ル本艦ニシテ、ナホカカル事態ノアラントハ
傾斜急増　残存速力七「ノット」　僅カニ左旋回ヲ行フ
「霞」右前方ヨリ「ワレ舵故障」ノ旗旒ヲ掲ゲツツ盲進シキタル　雷撃ニ舵ヲ摧カレタルナラン
ソノ身傾キ、酔ヒサラバヘル如シ
ワレ如何ニシテ避クベキヤ
不随ノ身ニ苛立チツツ、苦心ノ操艦ニヤウヤクカハス
艦橋ニ開戦以来ノ笑声上ル　自嘲ノ笑ヒカ

主舵操舵長（中尉）ヨリノ電話次第ニ繫ク、隣室マデノ浸水ヲ伝フ
ソノ間淡々ト操舵状況ヲ復誦
ヤガテサスガニ切迫セル声ニ「浸水マ近シ、浸水マ近シ……」ト連呼
一瞬ノ破壊音トトモニ消息ヲ絶ツ
「大和」前檣ニ「ワレ舵故障」ノ旗旒上ル　コノ旗ノ本艦ニハタメクモ最初ニシテ最後ナラン
不沈ノ巨艦、今ヤ水面ヲノタウチ廻ル絶好ノ爆撃目標タルノミ

断末魔

傾斜三十五度
米主力ハ雲間ニ集結待機シツツアルカ　数機乃至十数機ノ小編隊ニ分レ、致命ノ追撃ヲ加フ
弱体ノ目標ニ対シ、小気味ヨキ効率攻撃ナリ
ワレ避弾不能ナレバ、全弾命中、床《ユカ》ニ俯シテ衝撃ニ堪フ
一発ノ無駄ナキ必殺ノ投弾ハ、残忍、肌身ニ針ヲ突キ立テラルル如シ
サレド次ノ瞬時、掠メ去ル虚脱感ノウチニ、ムシロ敵ナガラ天晴トノ感懐湧ク
達人ノ稽古ヲ受ケテ恍惚タル如キ爽快味アリ
艦長「シッカリ頑張レ」ヘ、自身ノ声ニテ数回繰返サル　コノ声ヲ聞キシ者果シテ幾何《イクバク》ゾ

艦内スピーカー、伝声管ノ機能全滅ニヒトシク、声涸ラセル伝令ノ口伝ヘノミニヨル
艦長ガ肉声ノ範囲内ニアル者、僅カニ肩ヲ凝ラシ、眉ヲ上ゲタルノミ

中部左舷オヨビ右舷ニ大水柱上ル　足元ヲ掬ハレタル如キ薄氷感アリ
航海長、詰問ノ語調鋭ク「艦長　今ノ魚雷ハ見エマセンデシタカ」
艦長、上部ノ防空指揮所ヨリ「見エナカッタ」
航海長、繰返シテ「見エマセンデシタカ」　横顔引締ツテ紅潮ス
コノ魚雷、遂ニ致命傷トナレルカ　少クトモ数発ニ匹敵スル痛撃ヲ与フ
虚ニ乗ジテ、潜水艦ノ潜航近接、集中発射セシモノニ非ズヤ
アルイハ急傾斜ノタメ舷側ノ装甲鈑露出シ、天日ニ曝ケタル脆弱ナル船腹ヲ狙ツテ、雷撃機ノ
集中投雷セルモノナリヤ
威力絶大、謎ノ魚雷ナリ
神秘ヲ孕ム、フサハシキ巨艦ノ最期
傾斜針ノ動キ顕著トナル
僅カニ疲労ヲ覚エ、床《ユカ》ニ片肱ヲツケテ倚リカカル　心軽シ
斜メニ身ヲ横タフベク絶好ノ傾斜ナリ

肩ニ息ヲ吐キッツ菓子ヲ頬張ル　味覚ヲタノシムハ己レガ生身カ、虐ゲラレタル食欲カ
想ヒ出シテ「サイダー」ヲ呑ム　雨着ノ内「ポケット」ニ忍バセタルモノ　炭酸、咽喉ヲ弾ケ
テ快シ
舌ニ残ルソノ甘味
フト、肋《アバラ》ノ下ヨリ何ビトカノ声
「オ前、死ニ瀕シタル者ヨ　死ヲ抱擁シ、死ノ予感ヲタノシメ
サテ死神ノ面貌ハ如何　死ノ肌触リハ如何
オ前、ソノ生涯ヲ賭ケテ果セシモノ何ゾ　アラバ示セ
今ニシテ、己レニ誇ルベキ、何モノノナキヤ」
双手ニ頭ヲ抱エ、身悶エッツ「ワガ一生ハ短シ　ワレ余リニ幼シ……
許セ　放セ　胸ヲ衝クナ　抉ルナ
死ニユクワガ惨メサハ、ミヅカラ最モヨク知ル……」
何タル力弱キ呟キ

周囲ノ人ノ気配変ラズ　モノ憂《ウ》ク見交ハシ、互ヒニ生残レルヲ確カメ合フ
過激ナル活動ノアトノ、コノ身ノ熱気感応シ合ヒ、溶ケル如キ倦怠ノミ
ソノ眸ノ虚《ウツ》ロサ　忘我ノ果テカ

シバシ全キ虚脱　疾風吹キ抜ケタルアトノ寂寥
ワレ戦ヘリ、戦ヘリ――濁リナキ回想
アタリ閑《シツ》カナリ
傾斜計ノ指針、コノ静寂ノナカヲ滑ル如ク進ム

まさに明晰な意識と幻覚の世界を往復しているかのようだ。

艦隊解散

副長ヨリ艦長ニ「傾斜復旧ノ見込ナシ」
スキ透ルソノ声、艦橋ト応急指揮所ヲ結ブ特設堅牢ノ伝声管ヲ流レ、雑音ヲ冒シテ鮮カニ届ク
ワレ任務ナレバ、ソノママヲ声高ニ艦橋一杯ニ復誦ス
傾斜復旧不能――沈没確実――作戦挫折――死ノ到来　連想ハ瞬時ニ結論ヲ摑ム
狼狽ノ気配ナシ　片肱ツキタル肩ノアタリ、引ツレル如ク揺レタルモノ二、三名
ソノ中ヲ司令長官席ニ匍ヒ寄ルハ、参謀連カ　最後ノ協議カ
旗艦、シカモコノ巨艦ノ喪失ハ、作戦ノ抜本的変更ヲ迫ル
ヤガテ長官、ツト身ヲ起シテ、前方斜メニ揺レ返ル水面ニ見入ル
ノチ想ヒ測レバ、コノ間長官ハ、直截果断ナル「作戦中止」ノ決断ヲ了シタルナリ

参謀長、左手ヲ羅針儀ニ支ヘツツニジリ寄ツテ、長官ニ挙手ノ礼　永キ沈黙
長官礼ヲ返シ、互ヒノ眸ヲ射ル
粗笨無類ナル作戦ノ、最高責任者、オヨビソノ輔佐責任者
今ヤ予期シタル無慙ノ敗北ノ、遂ニ現実トナッテ目睫ニアリ
アラユル諫言　アラユル焦慮　アラユル自嘲　アラユル憤懣
感無量ナルモ宜《むべ》ナリ
長官、挙手ノ答礼ノママ、静カニ左右ヲ顧ミ、生キ残リノ士官一人一人ノ眸ヲ捉フ
イザリ寄ル幕僚（参謀）数名ト、慇懃ノ握手
一瞬微笑マレタル如ク思ハレタルモ、ワレカネテヨリカカル光景ノウチニ勇者ノ微笑ヲ夢想シ
タリシ故ノ、錯覚ニ過ギザルヤモ知レズ
長身ノ身ヲ翻シテ、艦橋直下ノ長官私室へ「ラッタル」ヲ歩ミ去ル
開戦以来、一切ニ無縁、微動ダニセザリシ長官ノ、我ラガ眼前ニ演ジタル行動ハ、スナハチ以
上ニ尽ク
ソノ後沈没マデ、長官私室ノ扉開カレズ　マタ絶エ間ナキ破壊音ノ故カ、自決ノ銃声ヲ聞カズ
携帯拳銃ヲ撫シツツ、身ヲモッテ艦ノ終焉ヲ味ハハレタルカ
第二艦隊司令長官伊藤整一中将、御最期ナリ
艦隊ココニ首上ヲ失ヒ、ヤガテマタ主城ヲ失ハントス

やはり、ここはこの作品のクライマックスとして、もっとも感動的な場面である。

長官、私室ニ去ルト見テ、副官石田少佐、身軽ニ跡ヲ追フ
終始長官ニ侍従スベキ任ニアレバ、死ヲモ共ニセントシタルナリ
参謀長、咄嗟ニ一躍シテ、ウシロヨリガツキトコレヲ捕フ
「ラッタル」ヲ二、三段駈ケ下リ、先ヲ急グ副官 ソノ「バンド」ニムンヅト片手ヲ掛ケ、片手ニ手摺ヲ握リシメッツ、歯ヲ噛ミ鳴ラシ満面朱ヲ注グ参謀長
両者無言、気合ヒヲ応ジ合フコト数秒
「貴様ハ行カンデイイ 馬鹿ナ奴ダ」低ク呻ク参謀長 少壮ノ副官ノ渾身ノ力ヲ支フルハ、甚シキ重荷ナラン
副官、力ニテハ勝リタランモ、少将ノコノ真情ニ心挫ケタルカ、顔ヲソムケッツ遂ニ譲ル
参謀長コレヲ艦橋ニ引キ上ゲタル勢ヒニ、激シク突キ放ス
参謀長副官、トモニ幸ヒ生還セリ
長官ガ遺族ノ、男子スベテヲ失ヒ、戦後ノ日常意ノ如クナラザルヲ知ッテ、ソノ後、両者相応ノ支援ヲ続ケタリト聞ク

かつての日本人にはこうした美徳の応酬があった。それは死を賭した戦場にのみ、咲いた花だったのだろうか。

「死生ノ寸刻」「最終処置」「脱出」の各章は略す。

巨鯨沈ム

見張窓ヲ出デ艦橋右側ニ立テバ、遥カ数十米ノ彼方、右舷舷側ノ茶褐色ノ腹ニ生存者整列シテ、一斉ニ双手ヲ挙ゲタリ　マサニ万歳三唱ヲ了セントスル瞬時ナルベシ

小サク纏マリテ動クソノ姿、兵隊人形ノ如クイトホシ

艦長有賀幸作大佐御最期

艦橋最上部ノ防空指揮所ニアリテ、鉄兜、防弾「チョッキ」ソノママ、身三箇所ヲ羅針儀ニ固縛ス

暗号書、総員上甲板ノ下命等、最後ノ処置完了、万歳三唱ヲ発唱シ、コレヲ了ルヤ傍ラノ見張員生存者四名ヲ顧ミル

彼ラ、剛毅、赭顔ノ艦長ヘノ心服ノアマリ、ソノ身辺ヨリ離ルル能ハズ　総員死ヲ共ニスル気配明ラカナルヲ見テ、一人一人ノ肩ヲ叩キ、「シッカリヤレ」ト激励シツツ水中ニ突キ落トス

最後ノ兵、彼ガ微衷ヲ示サントテカ、喰ヒ残シノ「ビスケット」四枚ヲ、艦長ガ掌ノ内ニ残シ
行クヲ、艦長ニヤリトシテ受ケ、二枚目ヲ口ニシタルママ、艦トトモニ渦ニ呑マレタリトイフ
カカル折ニ、「ビスケット」ヲ喰ラフ豪胆ハ無類ナリ

前檣頂ニハタメク大軍艦旗、傾キテマサニ水ニ着カントス
見レバ少年兵一名、身ヲ挺シテソノ根元ニ攀ヂノボル　沈ミユク巨艦ノ生命、軍艦旗ニ侍セン
トスルカ
カカル命令ノ発セラルルコト、有リ得ズ
サレバ彼、ミヅカラコノ栄エアル任務ヲ選ビタルナリ　如何ニソノ死ノ誇ラカナリシヨ

いまの若者にこの少年兵の行為、またそれを〝誇らか〟と表現する作者の気持は通ずるだろう
か。

眼ヲ落トセバ、屹立セル艦体、露出セル艦底、巨鯨ナドイフモ愚カナリ
長サ二百七十米、幅四十米ニ及ブ鉄塊、今ヤ水中ニ躍ラントス
フト身近ニ戦友アマタヲ認ム　彼、マタ彼
彼ノ眉余リニ濃ク、彼ノ耳余リニ蒼シ　誰モ幼キ表情、ムシロ無表情トイフベキカ

彼ライヅレモ童心ノ一刻、放心脱魂ノ一瞬ナラム
ワレモ恐ラクハヒトシキ状況ニアルカ
恍惚ノ眸ヲモッテ見入ルハ何
視界ノ限リヲ蔽フ渦潮　宏壮ニ織リナセル波ノ沸騰
巨艦ヲ凍テ支フ氷トモ見紛フ、ソノ純白ト透明
更ニ耳ヲ聾センバカリノ濤音、一層ノ陶酔ヲ誘フ

「沈ムカ」　初メテ、灼ク如ク身ニ問ヒタダス　ソノ光景ノ余リニ幽幻、華麗ナレバ、唯事ナラヌ予感ニ脅エタルナラン

死生の間の恍惚境とはこうしたことをいうのであろう。

水スデニ右舷舷側ヲ侵シハジム
乱レ散ル人影　シカモタダ波ニ吸ハルルニ非ズ　湧キ上ル水圧、弾丸ノ如ク人体ヲ撥ネ飛バス
人体ムシロ灰色一点トナリ、軽々ト、楽シゲニ四散ス――見ルマニ渦流五十米ヲ奔ル
ト、足元ニ飛沫セリアガリ、イビツノ鏡カト見紛フ水、無数ノ角度、無数ノ組合セニ耀キッツ
鼻先ニキラメク

夫々鏡面ニ人影ヲ浸ス　人影アルイハ跳ネ、アルイハ逆立チシ蹲ル
コノ精巧ナル硝子模様、泡沫ノ生地ヲ彩ル　シカモソノ泡一面ニ、点々チリバメタル真青ノ縞
夥シキ渦巻ノカモス沸騰カ
コノ美シサ、優シサ、ト心躍ル瞬時、大渦流ニ逸シ去ラル
無意識ニ息ノ限リヲ吸ヒ込ム
足ヲカカヘ毬ノ如ク胎児ノ如ク身ヲ固メテ、極力傷害ヲ防ガントスルモ、モツレ合フ渦凄マジク、手足モガレンバカリナリ
コノ身吹キ上ゲラレ、投ゲ出サレ、叩キノメサルルママ、八ツ裂キノ責メ苦ノウチニ思フ――最後ニ、チラト見シ裟婆ノ姿ヨ　歪ミ顚倒シツツモ、ソノ形魅力ニアフレ、ソノ色妙《タヘ》ナリシ
掠メ去ル心象ノ慰メ、息詰メタル胸ニ明ルシ
事前ニ遠ク泳ギ得テ、コノ渦流ヨリ免レタル者皆無
カカル大艦ニテハ、半径三百米ノ圏内ハ危険区域ナリトイフ
救出決定遅キニ過ギ、コノ距離ヲ泳ギ抜ク余裕ヲ奪フ
総員戦死、コレ運命《サダメ》ナリシナリ

艦長、少年兵そして大和、放り出された吉田少尉は、〝毬ノ如ク胎児ノ如ク〟身を縮めて、海中に投げ出される。

自爆

時ニ「大和」ノ傾斜、九十度ニナンナントス
カカル例稀有ナリ　一般艦船ハ傾斜三十度ヲモッテ沈ムヲ常トス（略）
駆逐艦航海士ノ観測ニヨレバ、火柱頂ハ二千米ニ達シ、茸雲ハ六千米ノ高ミマデ吹キ上レリ
閃光ヨク鹿児島ヨリ望見シ得タリト、ノチ新聞モ報道
先端ヲ傘ノ如ク大キク開キ、ソノ中ニ、最期ヲ見届ケント旋回スル米機数機ヲ屠レリ
悪天ノタメ空シク艦底ニ積マレシ主砲砲弾、全弾自爆ヲモッテ敵ト刺違フ

（略）

ワレツムジノ左ニ長キ火傷ト裂傷トヲ受ク　ノチ軍医官ノ診断ニヨレバ、破片ハ相当大キク、致命傷トナル虞レ多キモ、頭部ニ切線方向ニ接触セルタメ、辛クモコレヲ免レリトイフ
接触時ハワレマタ疾風ノ如ク吹キ廻サレツツアリシニ、ソノワレト弾片ノ切線方向ニ触レ合フ確率ハ、如何ニ僅少ナランカ
人ト生レテ切線ナルモノノオ蔭ヲ蒙ラントハ　笑フベキカ

（略）

目ノフチ薄明ルク瞼ノ裏黄色ク、鼻孔ニキナ臭サツキ上ゲ足元軽ミ、スベテ夢心地ニ霞ミ五体宙ニ浮ク　ト思フ間ナク、ポカット水面ニ浮ブ

誘爆五秒オソクトモ呼吸極限ヲ越エ、敢ヘナカリシナリ
落下スル火柱ヲ避ケ得ル程ニ迂回シテオクレ、カツ呼吸ノ限界内ニ浮上セルモノノミ、ヨク救ハレタルナリ
「薄明ルクナッタノデ、ヤレヤレ冥途カト、ホットシタヨ」ト渡辺大尉
「ナムアミダブツ、ト二度言ッチマッタヤウナ気ガスル　念仏ノコトナンカ考ヘタコトモナカッタガ」ト迫候補生
カク重畳セル僥倖、ソノ一ヲ欠クトモ、再ビ陽ヲ見ルコトアラザリシニ
煤煙ヤガテ潮ニ断タレテ晴レ渡リ、一面ニ泡立ツ重油ノウネリヲ残スノミ
「大和轟沈　一四二三（二時二十三分）」敵味方、同時ニ飛電ヲ発ス
間断ナキ対空戦闘二時間　ココニ終止

＊

クライマックスの戦闘は終った。このあとの漂流から生還までの間も、きわめて感動的な場面や偶然、僥倖に満ち満ちているのだが、ここで逐条的な解釈は打ち切ろう。

「戦艦大和ノ最期」という作品の構成は読者にも了解できたであろうし、むしろ、後半は各自、本文に親しんで頂くのが最良だからである。ただ、私自身、丹念に本文を追ってみて、この作品の不思議な秘密が少し解ったような気がした。

それは、作者の吉田少尉が、電測士官として、内外の通信・情報に聞き耳を立てる立場にあっ

たことと同時に、哨戒直の少尉として、艦橋という司令塔にあって、司令長官、艦長、参謀長、航海長といった「大和」の幹部たちの素顔を数米の距離から観察できたことである。

〝大和ノ最期〟の全体をこれほど活き活きと描くことができたのは、そのためであった。そして艦橋に最後まで任務を帯びて持ち場を死守した行為が、却って吉田少尉の生還への道を拓くことにもなったのであった。

第二は、吉田満の若さである。二十二歳という若さで「大和」の特攻出撃に参加した彼は終始、闘志満々、職務に忠実、健康で壮健な身体に秀でた知性と感性を兼備し、大和出撃の出港から自爆、漂流から生還までの全場面、登場人物のすべてを、正確に認識し、描写し、表現できたことは、おそらく誰によっても、もはや再現できない、極限の世界である。しばしば、作中で主人公は空腹を覚え、握り飯やビスケットを〝ウマシ、イハン方ナクウマシ〟と食べる食欲をもっていたことを異様なくらい強調して述べていることが印象的である。

第三に、この作品は、著者自身、〝戦闘記録〟と称している場合があるが、正確な記録であると同時に、それを超えて、みごとな記録文学となっていることである。それは戦艦大和の存在感、司令長官、艦長、臼淵大尉といった人物像、あるいは下士官や少年兵ひとりひとりへの愛情ある豊かな表現に成功していることであり、沈みゆく大和の壮大な叙事詩として完成させている筆力は、空前絶後のものだった。とくにこの当時の青年学徒の漢詩文の素養が生かされて、全体が引き締まった簡潔な文体となり、快いリズム感が全篇を貫いていることである。

末尾の結びの三行がやはり、みごとな終り方になっているので、その三行だけを引用して、この章を閉じよう。

徳之島ノ北西二百浬ノ洋上、「大和」轟沈シテ巨体四裂ス　水深四百三十米
今ナホ埋没スル三千ノ骸《ムクロ》
彼ラ終焉ノ胸中果シテ如何

あとがき

この作品を書き終えて、ながい間の負債を肩からおろした多少の安堵感を味わっている。およそ二十一年間の中断を吉田満夫人を始めとする関係者と読者に心からお詫び申し上げたい。嘉子夫人は、私を青森までお連れ下さり、取材になにくれとなく、ご配慮下さったにも拘らず、中断のときもサバサバと対応され、今回の執筆再開にも、変ることのないご協力を頂いた。心からお礼申し上げたい。

執筆の中断は、日銀内部の取材の難しさが最大の問題であったが、「戦艦大和ノ最期」という空前絶後の作品の味わい方、批評の困難さがあり、さらにあの戦争と特攻作戦への自らの判断を避けることができず、それは戦中、戦後への私の立場の表明ともなることで、当時の私に、無意識的なためらいがあったからだろう。

吉田満氏が最後まで拘わったのは、戦中派、散華の世代、死者の身代りの世代と、言葉を変えて摸索した、戦死した仲間たちに対して生き残った者たちの義務、役割と仕事の意味を問いつづけることだった。それは徹頭徹尾、正しかったし、誠実な態度だった。歴史的自覚とはこうした回路を通して生れてくるものだ。

　私自身は敗戦のとき十五歳の少年だったが、昭和二十年四月十三日（「大和」が沈没した数日後）、雑司ヶ谷の家と駕籠町の学校（都立五中）を一晩のうちに焼かれた衝撃と喪失感が、私の人生の出発点にある。

　またサイパン玉砕の報道を級友Eと一緒に伊香保温泉で聞いたころから、「このままでは日本は負ける」という不安と危機感を募らせ、「開拓挺身隊」という組織をつくり、勤労動員の職場で級友たちを説得し、有志で家を出て合宿生活を始めた。終始、私たちの言い分を寛容に聞いてくれたS先生、一緒に合宿してくれたT先輩など、いまもなつかしい面影である。戦後、「私は本土決戦派でしたから、戦犯ですね」と、S先生に洩らすと、「いや、あれは白虎隊だよ」と笑っていなされた。空襲でそうした運動を共にした級友たちも散り散りになり、私は栄養失調と挫折感のうちに、終戦の玉音放送を聞いた。

　だから、私にとっては戦後体験より、戦争体験の方が実感があり、後期戦中派といった気持と感情がある。私の大好きだった従兄も二人、フィリッピンとニューギニアで戦死している。吉田満や上山春平といった存在は、私にとってやさしい兄貴分だったのである。

　戦後、文学少年だった私は、極端に懐疑的な哲学少年となり、非政治的人間として生きようとしたことは、戦時下の自分への自己批判であり、戦後のマルクス主義の流行に終始非同調だったのも、そこに高度の政治性を嗅ぎとったためであった。

この作品を書くことで、私は自分のアイデンティティを確認できたことを心から感謝したい。
吉田満氏と私を結びつける役割を果してくれたのは文藝春秋の編集者だった東眞史君であり、連載が中断したときにスクラップ帳にコピーを一枚一枚貼り付け、書き込みが出来るようにして持参してくれたのは、書籍づくりの職人的天才である萬玉邦夫君であった。その彼はもういない。今回の作業を新書の形でまとめあげて下さったのは浅見雅男君である。その助言と厚意にあつく御礼申し上げたい。

平成十七（二〇〇五）年三月

粕谷一希

粕谷一希（かすや かずき）

1930年東京生まれ。東大法学部卒業後、中央公論社入社、『中央公論』編集長などを務めたのち退社。以後、著述にたずさわりながら、都市出版(株)を設立し『東京人』などの編集もおこなう。主著に『中央公論社と私』(文藝春秋)、『河合栄治郎　闘う自由主義者とその系譜』(日本経済新聞社)など。

文春新書

436

鎮魂《ちんこん》　吉田《よしだ》満《みつる》とその時代《じだい》

平成17年4月20日　第1刷発行

著　者　粕谷一希
発行者　浅見雅男
発行所　株式会社 文藝春秋

〒102-8008　東京都千代田区紀尾井町3-23
電話 (03) 3265-1211（代表）

印刷所　理想社
付物印刷　大日本印刷
製本所　大口製本

ISBN4-16-660436-8

◆日本の歴史

◆世界の国と歴史